LA DANZA DE LOS ESCLAVOS

Paula Fox

Premio Andersen

LA DANZA DE LOS ESCLAVOS

Medalla Newbery

Traducción de Guillermo Solana

Ilustración de cubierta: Juan Ramón Alonso

Noguer y Caralt Editores

BARCELONA

Título original
The Slave Dancer

© 1973 by Paula Fox

© 1988, Editorial Noguer S.A.
Santa Amelia 22, Barcelona
Reservados todos los derechos
ISBN: 84-279-3198-0
Traducción: Guillermo Solana
Cubierta: Juan Ramón Alonso Díaz-Toledo

Cuarta edición: febrero 2001

Impreso en España - Printed in Spain
Limpergraf, S.L., Barberà del Vallès
Depósito legal: B - 1505 - 2001

A Shauneille y Don Ryder

y a sus hijas, Lorraine y Nathalie

Historia

Nave

The Moonlight

Oficiales

Capitán Cawthorne. El patrón
Nicholas Spark. El segundo de a bordo

Tripulación

Jessie Bollier
John Cooley
Adolph Curry
Louis Gardere
Ned Grime
Isaac Porter
Clay Purvis
Claudius Sharkey
Seth Smith
Benjamin Stout
Sam Wick

Carga

98 esclavos cuyos verdaderos nombres
sólo fueron recordados por sus familiares, sin más excepción que la del joven
Ras.

Supervivientes 2

Zozobró en el Golfo de México el 3 de junio de 1840

El recado

Mi madre guardaba las herramientas de su oficio en una caja de madera que se cerraba sobre sí misma y en la que estaba tallado un pez volador. A veces tocaba yo con el dedo una aguja de coser y pensaba cómo era posible que un objeto tan pequeño, que casi no pesaba nada, pudiera mantener fuera del asilo a nuestra familia y proporcionarnos comida suficiente para seguir viviendo, aunque había ocasiones en que apenas llegaba para eso.

Nuestra habitación se hallaba en el primer piso de una casa de ladrillo y madera que debía haber conocido tiempos mejores. Incluso en días soleados, presionando mi mano contra la pared, conseguía que la humedad que la empapaba asomase y corriera hasta formar charcos en el suelo. La humedad era la causa de que a veces mi hermana Betty comenzara a toser de un modo tal que llenaba la habitación con ruidos como de ladridos de animales que peleasen. Luego mi madre comentaría la suerte que teníamos al vivir en Nueva Orleans, en donde no sufríamos los terribles extremos de temperatura que predominaban en el Norte. Y cuando llovía durante días y días, dejando un rastro al cesar de un verdín que se adhería a mis botas, a las paredes e incluso a la palmatoria, mi madre daba gracias a Dios por librarnos de las terribles tempestades de nieve que recordaba de su niñez en Massachusetts. Y por lo que se refería a la niebla, también le encontraba ventajas; decía que amortiguaba el clamor de calles y callejas y mantenía lejos de nuestra vecindad del *Vieux Carré* a los marineros borrachos de los barcos fluviales.

9

Me desagradaba la niebla. Conseguía que me sintiera prisionero. Sentado en un banco, entre las sombras de la pequeña estancia, imaginaba que esa materia humeante y amarillenta que ondulaba contra nuestras dos ventanas era una especie de sudor que desprendía el río Misisipí, serpenteando hacia el mar.

A excepción de la caja de costura, de un cofre de marinero que fue del padre de mi madre y de su mesa de trabajo, apenas teníamos otra cosa. Un armario guardaba nuestra escasa ropa blanca, los utensilios de cocina, cabos de vela y una botella de líquido ardiente con el que mi madre frotaba el pecho de Betty cuando se hallaba febril. En el suelo había dos orinales, ocultos durante el día por la sombra del armario pero claramente visibles a la luz de la palmatoria; uno, de porcelana blanca, desportillada y descolorida; el otro adornado con el dibujo de una horrible flor anaranjada de la que mi madre decía que era un lirio.

Había un objeto bello en la estancia, un cesto de ovillos de hilo de diversos colores, colocado en el alféizar de la ventana que daba al callejón del Pirata. A la luz de la vela, la intensidad de los colores me hacía pensar que el hilo exhalaría los aromas de un jardín.

Pero estos ovillos no se empleaban en nuestra ropa. Eran para las sedas, las muselinas y los encajes que mi madre transformaba en vestidos para que las damas de Nueva Orleans los lucieran en sus bailes y recepciones, en sus bodas, en los bautizos de sus hijos y, a veces, en sus funerales.

Un atardecer de finales de enero regresaba yo a casa lentamente, imaginando una historia que pudiera distraer a mi madre de preguntarme por qué llegaba tarde y en dónde había estado. Me alivió hallarla tan preocupada que no hubo necesidad alguna de decirle nada. Dudo de que me hubiese oído aunque le hubiera confesado la verdad: que había pasado una hora vagabundeando por el mercado de esclavos en la esquina de las calles de San Luis y Chartres, un lugar que me había sido tan estrictamente prohibido como la Plaza del Congo, en donde se permitía a los esclavos celebrar sus fiestas. Toda la habitación se hallaba ocupada por una gran pieza de brocado de color al-

10

baricoque, sostenida sobre sillas para impedir que tocase el suelo. Betty estaba acurrucada en un rincón, contemplando deslumbrada el paño mientras mi madre, con la espalda contra la pared, sostenía una esquina del brocado con sus dos manos y movía de un lado a otro la cabeza en tanto que murmuraba palabras para mí ininteligibles.

Había visto sobre las rodillas de mi madre o cayendo en cascada desde la mesa damascos, gasas, terciopelos y sedas, pero jamás una pieza como esa de tan radiantes colores. Sobre el paño aparecían bordados de caballeros y damas que se saludaban, de caballos que hacían cabriolas, no mayores que dedales y cuyos cascos traseros se hundían entre flores mientras sus cabezas engualdrapadas se enmarcaban en halos de pájaros y mariposas.

Sin alzar los ojos, mi madre dijo:

—Necesitamos más velas.

Su voz revelaba inquietud y desesperación tales que supe que se hallaba acuciada por el tiempo y que tenía ante sí un trabajo que la mantendría en vela durante muchas noches.

Saqué unas cuantas monedas. Las había ganado aquella tarde, tocando el pífano para los marineros de los vapores que acudían a atracarse de fruta en el gran mercado próximo al malecón.

Miró hacia mi mano.

—No es suficiente —declaró—. Ve y pide prestadas algunas a tía Agatha. Tengo que empezar a trabajar en esta pesadilla ahora mismo.

—Es muy bonita —gritó Betty.

—Esta pesadilla... —repitió mi madre, abrumada.

Titubeé. Odiaba ir a la repulida casa de tía Agatha en la calle de Santa Ana. Siempre que iba, siempre, tan pronto como abría la puerta, mi tía dirigía mi rumbo como el práctico de un puerto.

—¡No pases por ahí! —gritaba—. ¡No pises la alfombra! Cuidado con la silla... ¡La tirarás! ¿Puedes andar como un caballero y no como un palurdo de los pantanos?

A Betty y a mi madre les decía yo que era una solterona hosca y maligna. Mi madre me llamaba arisco y afirmaba que acabaría por convertirme en un hombre de corazón endurecido. Al fin y al cabo, decía mi madre, era la única pariente de mi padre que aún vivía y la pena que experimentó a la muerte de éste alteró su carácter.

—Somos de su familia —murmuraba yo.

De cualquier modo, consideraba a la tía Agatha como una mujer que me desagradaba especialmente.

Tenía yo cuatro años y Betty un mes cuando mi padre se ahogó en el río Misisipí. Trabajaba en una embarcación, ayudando a retirar los tocones de árboles y otros restos que habían tornado el río tan peligroso para los vapores. La embarcación fue arrastrada por una corriente, mi padre perdió pie, cayó y se hundió antes de que alguien pudiera ayudarle.

En sueños, y a veces completamente despierto, una voz dentro de mí gritaba: «¡Oh, nada, papá!», como si así pudiera conseguir que el río nos devolviera a mi padre. Una vez mi madre oyó cómo se escapaba de mis labios esta involuntaria declaración. «Era valiente», dijo. Pero aquello no me consolaba. «Está muerto», repuse.

Mi madre me recordó entonces que había almas cuyos destinos parecían tan terribles en comparación con los nuestros que deberíamos considerarnos entre los afortunados de la Tierra. Yo sabía que estaba pensando en los esclavos a quienes vendían diariamente tan cerca de donde vivíamos.

—¡Jessie! ¿Irás ahora mismo?

—Tengo un calambre en una pierna —se quejó Betty.

—Pues ponte en pie al instante —repuso mi madre malhumorada.

Salí a la calle, preguntándome qué habría dicho de haber sabido que aquel mismo día había visto yo seis africanos en venta como braceros de caña. Iban vestidos como si fueran a un baile y ni siquiera les faltaban sus guantes blancos.

—¡Estos negrazos son incomparables! —gritó el subastador al tiempo que un hombre tan peludo como un percherón se apoderaba de mi persona, me lanzaba al pavimento y me decía que me alejara del mercado de esclavos hasta que se me ocurriera algo mejor que fisgar.

Conocía tan bien el camino que mis pies me llevaron hasta la casa de tía Agatha sin ayuda de mi cerebro. Me recibió a su manera acostumbrada y me entregó tres velas.

—¿Por qué no usa tu madre lámparas de petróleo? —inquirió con acento de reproche

—Humean —repliqué.

—No cuando se sabe ajustarlas bien.

—No dan luz suficiente —añadí.

—De cualquier modo, la gente no debería trabajar de noche.

Reparó luego en el pífano que yo siempre portaba y exclamó:

—¡Qué manera tan vil de ganarte el sustento! ¡Tocando ese estúpido flautín! Ya es hora de que te hagas aprendiz y conozcas un oficio. Dudo de que hayas frecuentado la escuela.

—Mi madre me ha enseñado a leer y los números —repliqué tan secamente como me atreví.

—Pero ¿quién va a enseñarte a pensar? —repuso.

No imaginé nada que contestarle, así que me dirigí a la puerta, cuidando de no pisar una alfombrilla que apreciaba mucho.

—Buenas noches, tía —le dije, como si estuviese a punto de echarme a reír.

La oí resoplar cuando cerré la puerta.

Aquella noche el cielo estaba despejado. El aire se hallaba tenuemente perfumado por el aroma de las flores que rebosaban los jardines amurallados de las familias ricas de nuestra vecindad. Había trepado con frecuencia a esos muros y atisbado a través de las rejas de negro hierro para contemplar sus grandes salones o, entre las flores, una cabaña de piedras sin argamasa que servía para albergar a los esclavos. Una vez vi a una dama deslizarse por una sala con un vestido del que tenía la seguridad que había confeccionado mi madre. Otra tarde me sobresalté cuando, a horcajadas sobre el muro y creyendo no ser visto, me di cuenta de que clavaba sus ojos en mí una negra que se apoyaba en la entrada sin puerta de la cabaña. Estaba muy quieta y sus brazos caían a lo largo de su cuerpo.

Temí que de repente decidiese dar la alarma y me irritó que alguien hubiera advertido mi presencia.

—¡Lucero! —gritó alguien, y al oír la voz la negra se puso en jarras y sin volver a mirarme se dirigió hacia la casa.

Jamás había oído llamar a alguien con tal nombre. Cuando se lo conté a mi madre, omití las circunstancias en que lo había escuchado. Repuso:

—Lo mismo podrían llamar a alguien «zapato». Ese no es un nombre de persona.

Durante un tiempo no volví a escalar los muros de los jardines. Pero en mí subsistió el recuerdo de aquella mujer entre las sombras del atardecer. Me preguntaba por qué su amo le habría puesto Lucero y lo que pensaría ella de tal nombre, si es que pensaba algo. Recordaba a menudo cómo avanzó lenta y silenciosamente hacia la mansión, ocultando su falda el movimiento de sus pies de modo tal que parecía flotar sobre el suelo.

Me sentía inquieto, sin ganas de volver a la habitación enteramente ocupada por el brocado; así que tomé el camino más largo hacia mi casa, por callejones, lejos de las vías principales en donde marineros, caballeros, cereros, comerciantes en algodón y labradores se emborrachaban en las tabernas, a las que acudían como cotorras mujeres para hacerles compañía.

Mi madre, repitiéndome las advertencias dominicales del párroco acerca del carácter pecaminoso de nuestro barrio, me había obligado a prometer que nunca entraría en una taberna ni me mezclaría con el gentío nocturno de las calles Borubon y Royal. Yendo por esos callejones, evitaba romper la promesa, pero podía oír por encima de las terrazas los rugidos de las voces de los hombres, los chillidos de pájaro de las mujeres, las risotadas y los gritos de las peleas y el seco y férreo resonar de los cascos de los caballos sobre los guijarros cuando sus jinetes partían con destino desconocido.

Algún día podría convertirme en un rico cerero, que dispondría de mil velas si necesario fuese, en lugar de tres cabos entregados de mala gana. Me imaginaba la espléndida casa en donde residiría, mis jardines, mi carruaje y mis caballos. Me deslumbró tanto mi visión que me alcé de puntillas como para hallar mejor el destino que me había inventado. Lo que encontré fue una lona maloliente que me tapó el cielo y me cubrió por completo, derribándome al suelo.

Oí voces de hombres. Me aferraron manos a través de la lona. Me vi lanzado al aire, recogido después y portado como un cerdo al que llevan al mercado.

—Recoge el pífano, Claudius —gruñó una voz cerca de mi envuelta cabeza— ¡No vale nada sin su flautín!

—No lo veo —respondió otra voz con un quejoso murmullo.

Me dejaron caer al suelo y la lona se aflojó en torno de mi cara. Traté de gritar, pero aquella tela mohosa me tapaba la boca y no podía llevar aire a mis pulmones. Mis piernas estaban retorcidas como tornillos; las míseras velas que aún apretaban en una mano se clavaban dolorosamente contra mi rodilla. Conseguí librar mi cara de la lona; me ahogaba como un pez fuera del agua. Una luna anaranjada flotaba ante mis ojos y luego fue reemplazada por centenares de puntitos negros.

—Ah, lo tienes junto a tu pie, Claudius —dijo alguien.

La lona se tensó en torno a mí. Me alzaron y luego nada supe, ignoro por cuánto tiempo. Pero cuando recobré el reconocimiento me hallaba de pie, libre de la lona mi cabeza, y me sostenía un hombre alto, aferrándome por el cuello.

—Bien —declaró el hombre llamado Claudius—. Pareces mareado, ¿no?

Torcí la cabeza.

—Ya se mueve —anunció Claudius.

—Déjamelo —dijo el otro—. Yo me encargaré de él.

Claudius me dio un empellón, lanzándome contra el otro hombre.

—Si prometes no hacer ruido, te soltaré —declaró—. ¿Prometido?

Asentí. De cualquier modo, no podría haber hablado. Mi garganta estaba reseca del polvo y contraída por el miedo.

De repente sentí que el suelo se movía. Al mismo tiempo comprendí que los tres nos hallábamos en una balsa y que nos envolvía la oscuridad del río.

Había sido desenvuelto despreocupadamente como un regalo que nadie deseara y me obligaron a sentarme con los brazos entrelazados en torno a mis rodillas. Luego mis raptores me ignoraron. Ya no tenían razón alguna para temer que me escapara. No había lugar a donde ir.

Maniobrando con pértigas la balsa para mantenerla lejos de las corrientes rápidas y peligrosas, las dos figuras parecían piezas de la misma noche. No podía distinguir sus rasgos ni el modo en que iban vestidos. Debían de ser piratas, juzgué, de la Bahía de Barataria. Había oído toda mi vida historias de piratas, pero sólo las creía a medias. Sin embargo, ahí estaba yo, pronto para participar en las vidas y en los festines de los piratas. Temblé, sintiéndome verdaderamente solo.

Contemplé las negras aguas y pensé desesperadamente en mi padre. Medité sobre el destino de los ahogados y pregunté si los huesos de mi padre yacerían en algún lugar cercano, blancos como yeso, sobre el lecho del río.

Ya no estábamos en el río, pero deseé que se hubiese prolongado más. La siguiente etapa de nuestro viaje fue por tierra y hube de caminar entre los dos hombres. El terreno cenagoso cedía bajo mis pies y a cada paso se hundían mis botas. Aguardé con horror a que me atacase una venenosa serpiente. A veces se percibía un ruidoso aleteo cuando despertábamos a nuestro paso a una garza. En ocasiones se oía un deslizamiento y un chapoteo cuando una nutria se precipitaba a una charca de fétidas aguas. Recorrimos varios kilómetros y, aunque me sentía exhausto, no me atreví a pedir a aquellos hombres que me dejasen descansar.

El terreno cenagoso dio paso a la arena. Por delante se extendía el agua y yo no me sentí capaz de continuar en pie. Pregunté tímidamente:

—¿Es ésta la Bahía de Barataria?

—El Lago Borgne —dijo Claudius sin volverse a mirarme.

Sentí un empujón a mis espaldas.

—Sigue andando —ordenó el otro hombre—. Nos aguarda una larga navegación.

Sus palabras me llenaron de nuevos temores. Para entonces había decidido que de un modo o de otro sería capaz de escapar del escondrijo de los piratas en los pantanos. Pero ¿una larga navegación? Estuve a punto de gritar. ¡Casi les supliqué que me soltaran! Llegamos a la orilla del lago; allí había una pequeña embarcación, como los faluchos pesqueros que había visto en el Lago Pontchartrain.

Claudius encendió una linterna y la alzó sobre mi cabeza. Miré a los dos hombres. Pude distinguir sus fosas nasales, sus dientes como filas en una panocha de maíz, cada pelo de la barba negra de Claudius, las marcas de la viruela, verrugas, cicatrices, el mismo líquido de sus ojos. Me tapé los ojos, dispersando sobre mis cabellos pedazos de blanda cera, todo lo que quedaba de las velas que seguramente serían causa de mi muerte.

Apartaron mis manos y las retuvieron con fuerza

—¿Recuerdas a un hombre que te dio dinero? —preguntó una de aquellas bocas enormes.

Observé una ancha cara.

—Pues voy a hacer aún más por ti —entrechocó los dientes—. Voy a llevarte en un espléndido viaje por mar.

Soltó mis manos y puso en ellas una naranja.

Entonces recordé su voz y su cara.

Era un marinero que aquella misma tarde, cerca de los puestos de fruta a la orilla del río, me había dado dos centavos para que tocase una marcha militar. Mientras me escuchaba, se metió tres naranjas en la boca, una tras otra, escupiendo las cáscaras y las pepitas en tanto el zumo le corría por su enorme mentón. Con aquellos centavos me había brindado yo a comprar a mi madre las velas que necesitaba.

The Moonlight

Agucé la vista para ver la costa de la que nos alejábamos. Me sentía dominado por el sueño. Pero es difícil acomodarse en el fondo de una pequeña embarcación que se curvaba mientras que a mi espalda no le sucedía otro tanto. Corría el riesgo de ser decapitado por la verga que giraba inesperadamente de uno a otro lado. Y cuando pensé: aquí tengo espacio para extenderme, descubrí que hubiera necesitado patas de saltamontes para dejar sitio a mi cabeza o un cuello de tortuga para dejar sitio a mis piernas.

Supongo que dormité de vez en cuando durante el largo viaje. A veces el agua parecía tan sólo una densa sombra que bordeábamos, tratando de no caernos allí. Los hombres hablaban en voz baja de cosas que no me resultaban familiares. Sobre mi cabeza giraba la vela, un triángulo blancuzco. La pequeña embarcación gemía y crujía. El agua golpeaba incesantemente contra el casco con la continuidad de la lluvia sobre un tejado.

Pasaron las horas sin que nada las distinguiese hasta que por Levante el cielo palideció tan tenuemente como si una gota de luz diurna hubiese tocado la negrura. Quise ponerme en pie y estirar las piernas. Pero cuando me alcé, Claudius me gritó con tanta fuerza que tuve la seguridad de que le habrían oído en cualquier orilla:

—¡Siéntate, muchacho!

Pasamos frente a una pequeña isla. Distinguí el resplandor de una ventana, tan sólo un punto solitario y tembloroso de luz amarillenta. Me sentí desesperanzado y triste como si hubieran muerto todos en el mundo menos nosotros tres y el desconocido que había encendido aquella lámpara en la costa. Luego, como si la luz del día hubiera surgido de la propia embarcación, empecé a distinguir montones de sogas, un cubo de madera, una red mohosa y las pesadas botas de mis secuestradores.

—Allá —dijo el hombre de grandes mandíbulas, señalando hacia adelante.

Y allí estaba nuestro punto de destino, un velero cuyos mástiles se alzaban tan altos como el campanario de la catedral de San Luis, vacía su cubierta, una silueta tan sorprendente en la ancha superficie de aguas grises como habría sido allí mismo una iglesia. En la proa lucían unas palabras pintadas: *The Moonlight* (1).

Fui izado por una escala de cuerda desde la que no me atreví a mirar hacia abajo. Cuando llegué a la cubierta, me sentí tan exhausto que caí de bruces. Al instante penetró por mis fosas nasales un olor tan horrible y amenazador que contuve la respiración.

—No se siente muy bien —declaró Claudius.

—Entonces debemos tenderle —repuso el otro, meneando su barbilla.

Respiraba débilmente. A pesar de mi fatiga me puse en pie y me quedé allí, palpitando, tan echada hacia atrás la cabeza que daba cara al cielo. El olor persistía, pero menguaba a medida que mi cabeza se apartaba de la cubierta. Tal vez no lo percibieran los dos hombres, que eran altos.

—Quizás nada mejor que andar —dijo Claudius.

—Probaremos a ver con un barril de vinagre —repuso el otro con una ancha sonrisa.

Entonces se llevó mi pífano a los labios y sopló con fuerza. Sus carrillos se hincharon, pero no logró emitir sonido alguno.

—No posees ese don, Purvis —observó Claudius.

—Dejadle —ordenó otra voz.

Entonces apareció en cubierta un tercer hombre que había salido

_____

(1) Luz de luna.

de una puertecilla. Era mucho más viejo que mis secuestradores y vestía una pesada prenda que colgaba de sus hombros como una colcha.

—Purvis, Claudius, dejadle —repitió—. No se escapará a nado. Dadle su instrumento y decidle en dónde se halla.

El viejo apenas me miró, sin cordialidad alguna en su voz. Purvis, que aferraba con fuerza mi muñeca, me soltó.

—Gracias —repuse, deseando que mi voz no hubiese sido tan tímida.

—No desperdicies tu aliento —añadió el viejo.

—Ya te dije que ibas a hacer un viaje por mar —declaró Purvis.

—¡Pero tengo que volver a mi casa! —chillé.

Mientras hablaba, había mirado a mi alrededor. Ignoraba por completo cómo era el barco y en dónde habría un lugar para descansar; aquella idea me hizo gemir con fuerza.

—No desesperes, muchacho —dijo Purvis—. Volverás a tu casa. Claudius y yo nos encargaremos de eso. Pero habrás de aguardar un tiempo.

—¿Cuánto? —grité.

—¡Oh, no mucho! —repuso Claudius quedamente, tratando de acariciar mi cabeza cuando me aparté de él—. Con suerte, estarás de vuelta dentro de cuatro meses.

Mis rodillas temblaron.

—¡Mi madre me creerá muerto!

Escapé a toda prisa de los tres hombres sólo para chocar con un armazón de madera y caer sobre la cubierta, en donde me enrosqué como un gusano.

Pensé desesperadamente en mi madre, en Betty y en la habitación con el brocado. Maldije aquel rico paño, a la señora que había encargado un vestido a mi madre y las velas que conseguí de tía Agatha. Me maldije a mí mismo por haber tomado el camino más largo de regreso a casa.

El viejo se inclinó sobre mí.

—Has tropezado con mi banco —declaró con voz desabrida—. En pie y compórtate como es debido.

Me alcé.

—A mi madre se le destrozará el corazón —declaré en voz baja, confiando en conmoverle un tanto—. Mi padre se ahogó hace mucho tiempo y si ahora me pierde a mí...

Purvis me tomó del brazo.

—¡Ya nos ocupamos de eso, chico! Claudius y yo hablamos con tu madre y le explicamos que te tomábamos prestado por una temporada.

Sabía que estaba mintiendo. Pero temí revelárselo por miedo a que me envolviera de nuevo en la lona.

—Está cambiando el viento —murmuró Purvis.

—Ni mucho menos —repuso el viejo.

—¿Qué sabes tú, Ned? ¡Ni siquieras eres capaz de distinguir si estás en tierra o en el mar!

—No me hace falta —replicó ásperamente el viejo.

Entonces volvió su atención a mí.

—No me gusta nada eso de tomar a chicos y a hombres contra su voluntad. Mas nada puedo hacer por evitarlo. Teníamos un muchacho, pero escapó en Charleston justo cuando íbamos a zarpar. Aun así, no es culpa mía. Soy sólo un carpintero. Pero hazte a la idea. El capitán consigue siempre lo que quiere, sin reparar en medios.

—¿Quiénes están de guardia? —preguntó Purvis al tiempo que ponía el pífano en mis manos.

—Sam Wick y Cooley —respondió Ned.

—No sé nada de barcos —me atreví a decir.

—No lo necesitas, como tampoco lo precisa Ned. Hace su tarea de carpintero e incluso, si llega el caso, puede ser cirujano. Pero es incapaz de distinguir el bauprés de un mastelero de gavia. Sólo harás lo que hacías antes, tocar tu pífano.

—¿Para el capitán? —pregunté.

Purvis abrió tanto la boca que se asemejó a un caimán, y contestó riéndose:

—No, no. No para el capitán, sino para príncipes, reyes y basura de esa especie. Tendremos un barco cargado de realeza. ¿No es verdad, Ned?

La desesperación me provocó un dolor de cabeza. Me aparté de Purvis y de Ned, sin importarme que me lanzasen al agua o que me colgaran de un palo. No prestaron atención a mis pasos, sino que volvieron a discutir acerca del viento.

Yo ni siquiera podía sentir la más ligera brisa. Como una nubecilla de humo cruzó volando sobre la proa una gaviota. A excepción de la negra mancha de la costa todo era ahora gris: el cielo, el agua y las turbias nubes. Parecía como si fuese a llover. Tropecé con una pesada cadena enroscada y me di con el hombro contra un palo. Fuera del murmullo de la voz de Purvis, sólo percibía la agitación del agua en torno del casco del navío. Junto a mí pasó un hombre tocado con un gorro de lana y la mirada fija en el horizonte.

No había allí nadie para salvarme y ni siquiera sabía de qué tenía que ser salvado. Con la misma rapidez con que las afiladas tijeras de mi madre cortaban un hilo, ¡zas!, me había quedado privado de la única vida que conocía. Cuando sentí una mano en mi brazo supuse que era Purvis que venía a burlarse de mí, así que no me volví. Pero una voz desconocida me interrogó:

—¿Cómo te llamas?

Era una pregunta simple, formulada de un modo simple. Me sobresalté como si la vida se hubiese enderezado de nuevo y encontré tras de mí a un hombre alto y robusto. En un primer momento no respondí. Sonrió, animándome, y añadió:

—Yo soy Benjamin Stout, y siento lo que te han hecho.

Hubiera querido preguntarle por qué lo habían hecho, pero agradecí tanto que me hubiese hablado de aquel modo que no quise provocarle. Nada dije. Se apoyó contra la amurada.

—¿Qué edad tienes? Unos trece años, imagino. A mí también me apresaron, aunque yo era mayor que tú y fue para un viaje mucho más largo de lo que será éste. Estuve fuera todo un año. Pero fíjate, llegó a gustarme el mar y todo eso, incluso la dureza de la vida en un barco. De tal modo que cuando por fin desembarqué me sentí molesto durante unas cuantas horas. Me volví medio loco de inquietud. Aunque te aseguro que hay días en el mar en que todo lo que deseas es hallarte en un sendero que no tenga fin, un sendero que siga recto ante ti hasta que te quedes sin aliento. Y no estoy hablándote de temporales, de tormentas y de turbonadas. Me refiero a los días de calma chicha, cuando no sopla el viento.

—Tengo trece años —dije.

—Trece —repitió pensativo—. Lo que suponía. Verás algunas cosas malas, pero si no las vieses seguirían sucediendo, así que tanto te da.

No entendí en manera alguna a qué se refería. Le hice la pregunta que más me atosigaba en aquellos momentos:

—¿Adónde vamos?

—Navegaremos hasta Ouidah, en el Golfo de Benin.

—¿En dónde está eso?

—En Africa.

Dijo *Africa* con la misma serenidad con que pudiese haber dicho la calle Royal. Me sentí como un pájaro atrapado en una habitación.

—Aún no me has dicho cómo te llamas.

—Jessie Bollier —repliqué en voz baja.

Por un momento me sentí dispuesto a arrojarme al agua. El nombre mismo de aquel lejano lugar era como una flecha lanzada contra mí.

—Jessie, démonos la mano ahora que nos conocemos. Te enseñaré dónde dormirás. En una noche o dos te acostumbrarás a la hamaca. Yo me he hecho tanto a eso que no dormiría en nada más, e incluso cuando estoy en tierra prefiero el suelo a una cama.

—¡Eh! —rugió Purvis, dirigiéndose pesadamente hacia nosotros—. ¿Ha vuelto a armar jaleo ese chico?

—Cierra tu bocaza —declaró Benjamin Stout sin volverse; y luego añadió para mí—: Es inofensivo, sólo ruidoso. Pero cuidado con el segundo de a bordo, Nick Spark. Y cuando hables con el capitán, muéstrate seguro y responde a todo lo que te pregunte, aunque sea mintiendo.

Purvis dejó caer una pesada mano sobre mi hombro.

24

—Ya veo que has conocido al santo Stout. Vamos. El capitán Cawthorne quiere ver qué clase de pez hemos pescado.

Su mano se deslizó y oprimió mi brazo. Medio a rastras, porque yo no podía dar zancadas como las suyas, me condujo a una parte de la nave en donde había una especie de casita cuyo techo formaba lo que más tarde supe que era la cubierta de popa.

—Alto, Purvis —ordenó una voz, tan seca como el papel y tan agria como el vinagre.

Purvis se inmovilizó como si fuese de piedra. Yo retorcí mi brazo, me libré de su mano y lo froté.

—Acércate, chico —dijo la voz.

Di un paso hacia los dos hombres que se hallaban junto a la casita.

—¡Vaya retaco! —tronó el hombre más bajo.

La voz de papel asintió, añadiendo un agudo «señor» al final de sus palabras. Supuse que el de menor talla de los dos era el capitán.

—¿Te llamas...? —inquirió.

—Jessie Bollier.

—Jamás oí tal nombre.

—Antes era Beaulieu, pero mi padre no quería que le creyesen francés, así que lo cambió —me apresuré a añadir, recordando el consejo de Stout de que respondiese a todo lo que me preguntaran.

—Pues es igual de malo —observó el capitán.

—Sí —reconocí.

—¡Capitán! —rugió el capitán. Di un salto.

El hombre delgado intervino:

—Muchacho, dirígete al capitán llamándole capitán.

—Capitán —repetí débilmente.

—¡Purvis! —gritó el capitán—. ¿Qué haces ahí, mastuerzo? ¡Ve a tu trabajo!

Purvis desapareció sin hacer ruido.

—Así que eres un criollo —preguntó el capitán.

—Lo fue sólo mi abuelo, que vino de Francia, capitán —repliqué disculpándome.

—Mala gente esos franceses —declaró desdeñoso el capitán—. Todos piratas.

—Mi padre no era pirata.

—¡Ya! —dijo burlón el capitán.

Observaba atentamente el cielo, con una extraña sonrisa en sus labios. Luego tosió con fuerza, unió ruidosamente sus manos y en silencio clavó en mí sus ojos.

—¿Sabes para qué te hallas empleado en este barco?

—Con el fin de tocar el pífano para los reyes —repliqué.

—¿Oyó usted? —gritó el capitán al otro hombre—. Eso es cosa de Purvis. Lo reconocí al instante. ¿Fue Purvis quien te lo dijo?

—Sí, capitán —repuse.

—Purvis es un mastuerzo irlandés —manifestó pensativo el hombre delgado, como si sólo hablara para sí.

—¡Pues bien, escúchame ahora, miserable pigmeo!

—Sí, capitán.

Sin una palabra de advertencia, aquel hombre de corta talla me tomó en sus brazos, me apretó contra su pecho y me mordió la oreja derecha. Chillé. Me puso en el suelo inmediatamente y habría caído sobre cubierta si el hombre delgado no hubiese sujetado mi brazo magullado.

—Responde demasiado aprisa, Spark —afirmó el capitán—. ¡Pero puede que esto le sirva de lección!

El hombre delgado me zarandeó y luego me soltó, al tiempo que decía:

—Sí, capitán; responde demasiado aprisa.

—Zarpamos para Africa —declaró el capitán, mirando por encima de mi cabeza, con una voz del todo distinta a la que había empleado hasta entonces.

Súbitamente, de un modo irracional, se mostraba sereno. Enjugué la sangre de mi cuello y traté de concentrarme en lo que estaba diciendo.

—Zarpamos para Africa —repitió el capitán con un gesto orgulloso de su mano—. Y este clíper pequeño y rápido nos mantendrá a salvo no sólo de los británicos, sino de cualquier pirata que intente entrometerse en el lucrativo y honesto tráfico de esclavos—. El, el capitán Cawthorne, adquiriría tantos esclavos como le fuese posible en el barracón de Ouidah, cambiándoles por dinero, a diez dólares cabeza, o por ron y tabaco; y tras pasar por la isla de Sâo Tomé, se dirigiría a Cuba, en donde los esclavos serían vendidos a cierto español. El barco regresaría entonces a Charleston con un cargamento de melaza; con suerte, el viaje llevaría cuatro meses.

—Pero lo que quiero son negros jóvenes y fuertes —afirmó el capitán, excitado, dando a Spark una palmada en el hombro—. No deseo ibos. Son blandos como melones y se quitan la vida si no se les vigila las veinticuatro horas del día. ¡No aceptaré a tipos semejantes!

Spark asintió rápidamente, como un pollo que picotease maíz. Luego el capitán me miró con desdén.

—Mejor será que aprendas a hacerte útil en este barco. ¡Mejor será que te aprendas cada vela porque no vas a ganarte la vida sólo con tocar unas pocas canciones para que bailen los esclavos!

De repente suspiró y pareció extremadamente desalentado:

—Acabe usted, Spark.

Spark acabó, pero nunca supe lo que dijo. Había cesado de escuchar, pues no hacía más que dar vueltas al único hecho que había entendido. ¡Me hallaba en un barco negrero!

Un poco más tarde, Benjamin me mostró el alojamiento que compartiría con los marineros. Lo llamaban entrecubierta y jamás hubiera pensado que unos pocos chicos, y mucho menos aún unos adultos, pudieran ocupar aquel espacio reducido y desprovisto de aire. Stout sacó algunas prendas de su cofre de marinero y me las entregó.

—Serán demasiado grandes para ti —dijo—, pero te servirán cuando estés calado hasta los huesos y necesites cambiarte.

Me quedé contemplando las hamacas que colgaban de las vigas.

—Te acostumbrarás a eso —aseguró Stout—. Ven. Te indicaré a donde vamos para atender a las necesidades de la naturaleza.

Le seguí hasta la proa del barco. Justo debajo se hallaba suspendida una especie de plataforma con un emparrillado por suelos. Dos cabos golpeaban suavemente la rejilla al ritmo del agua.

—Es malo con mar gruesa —afirmó Stout—, pero también te acostumbrarás a eso.

—No me acostumbraré a nada —repliqué, tocándome la oreja ahora cubierta de sangre seca.

—No tienes idea de las cosas a las que puedes acostumbrarte —declaró Stout.

Hambriento y desesperado como me hallaba, me quedé dormido en una hamaca que me envolvió como una vaina de guisantes. Nunca llegué a habituarme por completo a la hamaca, pero con el tiempo aprendí a no caerme y a no retorcerme de tal modo que se me trabasen los miembros. Y aunque al principio siempre tropezaba con la cabeza en las vigas del techo, llegué a acostumbrarme a pasar en un instante de un sueño profundo a una completa vigilia. Al cabo de unos días había dejado de aferrarme a la hamaca como se agarra un cangrejo herido a un hierbajo.

Pero aquella primera tarde el golpe en el cráneo que sufrí al sentarme eliminó todas las dudas que pudiera haber tenido acerca de si soñaba. El primer objeto en que repararon mis ojos fue algo que se arrastraba por mi pierna como si yo fuese un pedazo de pan. El insecto no me resultaba extraño porque en casa los teníamos de todos los tamaños. Pero nunca hubiera creído que una cucaracha fuese un bicho marinero. Me consoló un tanto la idea de que un ser terrestre y con el que estaba familiarizado hubiera decidido instalarse sobre mí.

Por las junturas de la puerta entraba luz suficiente para ver que me hallaba solo en aquel agujero de hamacas que se mecían. El hedor de aquel lugar, sumido en la penumbra y privado de aire, era terrible. Fui capaz de distinguir los olores del sudor, de queso agrio, de tabaco, de ropas enmohecidas y maderas húmedas e, integrándolos todos, el tufo hediondo que me obligó a ponerme en pie cuando caí en cubierta. Oí crujir las maderas como si fueran a astillarse. Me pregunté qué era lo que me producía aquel malestar en el estómago.

Me sacudí la cucaracha, escapé de mi hamaca y subí por la escala hasta cubierta. El cielo rebosaba de luz solar y el viento tensaba las grandes velas de la nave. Respiré hondo el aire fresco que llegó directamente a mi embotado cerebro y sentí un aguijonazo tan violento de hambre que me llevé un puño contra los dientes. Vacilaba al andar, quizá porque no sabía a donde ir, pero más probablemente porque jamás me había desplazado por la cubierta de un barco en movimiento. Cerca de mí había varios marineros, afanados en diversas tareas, que ni siquiera interrumpieron para dirigirme una mirada. Una mano tocó mi hombro. Allí estaba Ben Stout, tendiéndome un grueso pedazo de pan.

—Ve abajo a comértelo —dijo—. Te dejé dormir, puesto que habías pasado tan dura noche, pero pronto te pondrán a trabajar.

—¡Gracias! —le grité reconocido.

Habría hablado más tiempo con él, pero con un gesto me indicó que me fuese.

—Nunca dejes que nadie te vea comiendo en cubierta. Baja rápido. Estoy ahora de guardia. ¡Aprisa!

Justo antes de descender a la entrecubierta reparé en Purvis, aferrado a la rueda del timón, bien separadas las piernas y con la expresión más seria que hasta entonces le había conocido.

Devoré el pan en la oscuridad y luego, incapaz de demorar por más tiempo lo que Stout había denominado necesidades de la naturaleza, me puse en camino hacia aquella espantosa plataforma que colgaba sobre el agua. Estaba muy asustado. Me agarré a los dos cabos y cerré con fuerza los ojos como si, no *viendo* realmente mis circunstancias, éstas no existieran. Oí un resoplido sonoro y burlón. Mortificado, abrí los ojos al punto para ver quiénes estaban observándome, porque supuse que se reían de mí. Alcé la vista y distinguí a cuatro hombres, entre ellos a Purvis, apoyados en la amurada y mirándome atentamente mientras sonreían mostrando sus dientes. Conseguí volver a proa con tan sólo una o dos rozaduras en mis espinillas y, dando la espalda a los mirones, contemplé la costa frente a la cual nos deslizábamos. Simulé sentir gran curiosidad por lo que veía. Pronto me interesé, en realidad porque me di cuenta de que todos los árboles se inclinaban en una dirección, como si hubiesen sido plantados desmañadamente.

—Ven —dijo Purvis—. Abandona esa murria.

Como no le respondí se inclinó sobre mí, y al darse cuenta de que examinaba resueltamente la costa, también él miró en esa dirección.

—Jamás lo lograrías —declaró.

—Sólo pensaba en la razón de que estén tan inclinados los árboles —repuse con tono indiferente.

—Es el viento predominante. Ahora deja de mostrarte tan arrogante.

—Imagino que el barco navega solo —dije con tanto sarcasmo como pude descargar sobre aquel bruto.

Me dio la vuelta y cogió mi cabeza, obligándome a mirar hacia el timón.

—Yo he cumplido mi turno —dijo—. El timonel es ahora John Cooley.

Luego me volvió de nuevo a mi antigua posición.

—Este es Jessie, nuestro músico —declaró a los otros tres hombres que estaban mirándome—. Y éstos son Isaac Porter, Louis Gardere y Seth Smith.

—Tócanos una canción —dijo Isaac Porter alegremente.

Meneé mi cabeza al tiempo que Purvis se apoderaba de mi magullado brazo y me alejaba de allí.

—Hay más que aún no conoces, sin contar al cocinero. Exceptuando a éste, a Ned, a Spark y al capitán, somos ocho tripulantes. Contigo sumamos trece, así que cuida de lo que haces porque si algo va mal será culpa tuya. No te olvides de Jonás y de lo que le sucedió, sólo que tú acabarías en la tripa de un tiburón...

—Mejor que esto... —mascullé.

Purvis ignoró mi observación.

—Ahora comerás algo conmigo. Vi al santo Stout darte pan, y de haber querido habría conseguido que le azotasen por eso. Descontando a Spark y a Stout, yo soy el único que ha navegado antes con el capitán, y puedo decirte cosas de él que te pondrían los pelos de punta. Un buen aviso: le gusta comer bien y pegar a los hombres. Lo único bueno en él es que es un excelente marino. Terrible, terrible con sus tripulaciones y sólo un poco menos con los negros. Pero los quiere con buena salud para sacarles provecho. ¡Dios se apiade de un negro enfermo, porque le echará por la borda después de beber su brandy y antes de encender su pipa!

Para entonces me había conducido hasta una escotilla. Bajamos a lo que Purvis denominó la cocina. Allí, removiendo como si remase un enorme perol de lentejas con una cuchara de palo estaba el hombre más delgado que había visto nunca. Su piel era del color del sebo, a excepción de unas manchas asalmonadas a lo largo de sus prominentes pómulos.

—Dame mi té, Curry —dijo Purvis.

Curry volvió lentamente la cabeza sin dejar de remover y lanzó a Purvis una mirada tan enfurecida que pensé que iba a lanzarse contra él. Purvis me puso un dedo en el cuello y anunció como si Curry fuese sordo:

—Los cocineros son todos iguales, aunque Curry sea peor que algunos. Es el humo lo que les enloquece; por más que sean al principio de buen talante, el calor se lo fríe hasta dejarlo crujiente.

Curry abandonó de repente su cuchara, fue de un lado para otro durante uno o dos minutos y luego dejó con fuerza frente a Purvis un cuenco de té y una galleta cuadrada que retumbó en la mesa como si fuera de piedra. Purvis extrajo de su camisa un trapo sucio con el que envolvió la galleta y después la golpeó con el puño como si fuera un martillo.

—Me gustaría encontrar al que hace estas cosas —declaró pensativo cuando cayó su puño—, porque le haría lo mismo que estoy haciendo a esta galleta.

Se levantó y husmeó entre el humo negro y grasiento que envolvía a Curry como si fuese un manto, retornando con algo que me lanzó. Era el pedazo de cecina más seca y de peor aspecto que hubiera yo visto en toda mi vida. Entonces empujó hacia mí su cuenco de té.

—Toma un pedazo de cecina y luego un trago de té. Mantenlos en la boca hasta que la cecina se ablande.

Me sentí casi feliz sentado en aquel estrecho banco, mientras respiraba el olor terroso de las lentejas y bebía té del cuenco de Purvis. Cuando recordé lo desesperado de mi situación me pregunté si en un barco había algo que hiciese a los hombres pasar de un estado de ánimo a otro tan fácilmente como una nave surca las aguas.

John Cooley y Sam Wick fueron los últimos miembros de la tripulación a los que conocí. Cooley ni siquiera me miró, y Wick se echó a reír y comentó que mis pies eran demasiado grandes para el resto de mi cuerpo. Me reuní con Purvis en el banco que había traído de abajo y observé cómo remendaba una vela.

—Cose como una dama —gritó Claudius Sharkey cuando pasó a nuestro lado.

Porter, Wick y Sharkey eran gavieros, me dijo Purvis, responsables de los palos, mientras el resto de la tripulación se ocupaba de las velas inferiores y se turnaba ante el timón. Por lo que a él se refería, declaró con orgullo, sabía todo lo que resultaba preciso saber sobre las velas, que era «tan bueno como saberse de corrido los Evangelios y más trabajo cuesta».

Aún sentía yo miedo de Purvis porque le consideraba tan imprevisible en su talante como de la dirección de los saltos de una rana. En cierto modo se asemejaba a una rana muy grande. Mas parecía que se había encariñado conmigo y esa tarde aprendí muchas cosas que mis ojos por sí solos no podrían haberme enseñado.

Jamás estaba ocioso, al igual que los otros marineros, a no ser que hubieran acabado su guardia. Vi algo ese día que ya nunca lo olvidé: un barco ha de ser atendido día y noche, como el aire que entra en nuestros pulmones, y descuidarlo un segundo supone correr riesgos que por entonces sólo podía imaginar cuando Purvis me hablaba de tormentas en el mar, de palos que se rompían como ramitas, de marineros lanzados por la borda por olas gigantes, de hombres atrapados por las cadenas del ancla y que iban a parar, destrozados, a las revueltas aguas. Nunca cesaba el trabajo en una nave.

No reparé en el hombre próximo a lo alto de un mástil hasta que Purvis le señaló.

—Siempre hay alguien en la cofa del trinquete —dijo—, y si aparece una vela el capitán tiene que mirar a través de su catalejo para ver de qué se trata.

Luego me habló de la piratería, en especial de la de aguas próximas a las islas de las Indias occidentales. Cuando le pregunté por qué había mencionado el capitán Cawthorne a los británicos, se mostró tan taimado como furioso.

—¡Son peores que los piratas, Jessie! —gritó—. Tratan de abordar nuestras naves como si aún les perteneciéramos. Mas hay leyes contra eso y esas leyes nos dan derecho a hundirlos si intentan algo. Oh, pero nos acosan, bloqueando la costa africana y husmeando por Cuba.

—¿Y por qué?

—Sus leyes son distintas de las nuestras. Han acabado enteramente en su propio país con el tráfico de esclavos, tanto peor para ellos, y quieren que les imitemos en su locura. ¡Cuando el tráfico de esclavos es el mejor de los comercios! ¡Oro negro, así lo llamamos! Menos mal que tenemos un buen método: los jefes nativos sienten tanta codicia por nuestros artículos que nos venden a sus gentes más baratos que nunca para tentarnos a burlar el bloqueo británico. Así que conseguimos un beneficio a pesar de los condenados ingleses.

Más tarde me habló de las armas que guardaba *The Moonlight*, aunque no me dio detalles al respecto ni me explicó a qué se refería cuando me dijo que en su camarote el capitán guardaba pabellones de varios países.

Al principio el viento había sido un puño firme que nos empujaba, pero ahora era como una mano abierta, impulsándonos hasta cobrar tan creciente velocidad que me pareció que mis propios brazos se convertían en alas mientras surcábamos las aguas. Ben Stout me dijo a gritos que el barco estaba *hablando*. Señaló la estela de espuma que se extendía tras nosotros como si una navaja hubiese escindido la oscura superficie de las aguas y permitido que se filtrase su misterioso resplandor.

Yo me había fijado a menudo en la manera de andar de los marineros en Nueva Orleans por la orilla del río y lo entendía mejor ahora al desplazarme por el barco. Aunque la navegación era aquel día tranquila, siempre sentía una de mis piernas más corta que la otra. Era preciso mantener una especie de equilibrio, como si estuviera caminando por el lomo de un caballo a medio galope.

A excepción de Purvis y de Ben Stout, el resto de la tripulación apenas me prestó atención. No hablaban mucho entre ellos y se ocupaban sin descanso de su propio trabajo.

Ben Stout me mostró una cabilla que encajaba en un agujero de la amurada. Servía para varios fines, me explicó, uno de los cuales consistía en afirmar la cornamusa de un cabo, otro en golpear en la cabeza a un marinero levantisco y otro en matar ratas. Esto último me concernía especialmente a mí. La caza de ratas, según me dijo, era una de las faenas habituales en el barco. Se comerían todo si no se las mantuviera a raya. Tenía que aprender a encontrarlas, matarlas y tirarlas por la borda.

Había otros seres que se arrastraban y se deslizaban, escarabajos, gusanos y cosas así, pero eran tan del barco como la madera, según afirmó, y sólo cabía matarlos por placer, no por necesidad. Alzó el cuartel de una escotilla y me mostró las barricas en donde se guardaba el agua potable.

—Tendrás que ser muy vivo para correr tras las ratas por allí —me advirtió—. Son más listas que el propio diablo.

—¿Y si me muerden? —pregunté con un tono que indicaba que sólo hablaba en broma.

—Pues muérdelas tú —replicó—. Y cuando llueva tendrás que ayudar a disponer afuera las barricas para contar con más agua. Los gusanos y los escarabajos pueden acabar con nuestros suministros. Es posible sobrevivir a una tormenta con los mástiles destrozados, pero sin agua ésta será una nave muerta.

Me dijo que todos habíamos de repartirnos un cubo de agua al día para lavarnos y que cuanto más tiempo durase el viaje, menos agua potable se nos daría.

—El segundo [de a bordo] distribuye el agua una vez al día, ni una gota más de lo que señala el capitán.

—¿Y se raciona también el agua del capitán?

—El capitán de esta nave bebería tu sangre antes de quedarse sin nada. ¿No has reparado en su gallinero? ¿Ni en los cajones en donde cultiva hortalizas a popa?

Meneé la cabeza. No sentía ningún deseo de acercarme al capitán. Aún me dolía la oreja. Ben señaló hacia la bodega.

—Aquí es donde encerrarán a los esclavos —dijo—: encima de esas barricas y en la bodega de popa una vez que hayamos descargado el ron.

—¡Pero aquí no hay sitio para una docena de hombres! —exclamé.

—El capitán Cawthorne es un buen empaquetador —repuso Ben.

—¿Qué es lo que soy? —rugió una voz.

Apartamos la vista de la bodega para descubrir a Cawthorne de pie a no más de medio metro de nosotros.

—Señor —declaró Stout hábilmente—, estaba explicando al muchacho en qué consiste su trabajo.

—¿Sí? Pues pensé que describías el *mío* a ese Bollón. Te llamas así, ¿no es cierto, chico? Claro que soy un buen empaquetador; los coloco como tortas, uno encima de otro. Ah, fueron los británicos quienes me obligaron a ser tan ingenioso, Bollón, porque lo que más necesitamos es velocidad, y velocidad significa una nave sin comodidades, despojada de todo, una nave como una serpiente alada. Ya ves.

Abrió los brazos y me agaché, creyendo que pretendía morderme la otra oreja. Pero casi en seguida los dejó caer a sus costados, meneó la cabeza y, murmurando algo acerca de cargar las velas, partió al punto pisando firme.

Respiré hondo.

Ben Stout dijo:

—Nunca puedes estar seguro con él...

Se hallaba a punto de bajar el cuartel cuando, quizás por obra de un ligero cambio de viento, me llegó una intensa bocanada de aquel pavoroso hedor, mezclado con algo más. Husmeé, pensando cuán cómico era semejante hábito. A menudo había reparado en quienes, molestos por un olor y proclamando bien alto lo desagradable que era, seguían husmeando como si estuviesen oliendo en realidad el aroma de una rosa.

—Eso es cloruro de cal —declaró Ben.

—¿Cómo?

—Lo que echamos a la bodega después de sacar nuestro último cargamento de esclavos.

—¿Para qué?

—Para que desaparezca el hedor. Pero nunca se va del todo.

—Sentí un estremecimiento de temor como si se hubiese estrellado junto a mí una botella y los pedazos de vidrio saltasen a mi cara. No le pregunté nada más.

Claudius Sharkey se hallaba al timón y me dejó examinar la brújula del barco. Se me antojó el objeto de mejor aspecto que había en la nave, aunque no la entendiera mejor que las divisiones del tiempo que marcaba la campana de a bordo.

Curry preparaba para la cena un pastel de pasas. Me entretuve amontonando tantos racimos como pude hasta que Purvis me los arrebató y se los metió en su enorme boca, al tiempo que los masticaba. Hubiera deseado quedarme y ver a Curry amasar en la artesa, pero Stout me ordenó que bajase y fuera a mi hamaca.

Allí tendido, meciéndome, percibía en mis propios huesos los movimientos de la nave. Pensé en la arboladura, en las vergas, en los flechastes de allá arriba sobre los que se movían los marineros con la misma facilidad que si pisaran el suelo, y confié en no tener nunca que poner el pie en tan precaria tela de araña. Los flechastes comenzaron a enturbiarse y me envolvieron cuando se apoderó de mí el sopor y me dormí.

Me desperté de repente, oí un gran grito. Eché la mirada por encima del borde de mi hamaca.

Allí estaba Purvis, sentado en un cofre de marinero mientras bebía de un pichel.

—No toleraré eso, dice él. Pues lo aguantarás, dice ella. Pues no lo toleraremos, decimos —rugió.

Luego calló y observó mi cara. A la débil luz de la lámpara de petróleo vi que su bocaza mostraba una sonrisa amable.

—¿Oíste algo, Jessie? —preguntó muy serio.

—Pues claro —repliqué—. Le escuché gritar algo acerca de esto y de aquello.

—¡Estás loco! —gritó, poniéndose en pie—. Aquí no hay nadie más que yo, y sólo estaba bebiendo tranquilamente un poco de vino caliente.

Me eché hacia atrás, respirando tan quedamente como pude y ansiando que olvidase mi presencia.

Empezó de nuevo:

—... No tendremos nada ninguno, dijimos...

Silencio.

—¿Oíste algo, chico? —inquirió Purvis con voz zalamera.

—¡No, señor, nada en absoluto! —repuse al punto.

—¡Entonces estás tan sordo como una tapia! —exclamó, palmeando con gran fuerza el dorso de mi hamaca.

Permanecí inmóvil, tapándome la boca con las manos para ahogar la risa. Sabía que si soltaba el trapo, ya no sería capaz de detenerme, tan grande había sido mi miedo y tal era ahora mi alivio.

Los obenques

La verdad asomó lentamente como una historia narrada por varios que se interrumpieran mutuamente. Me hallaba en un barco consagrado a una empresa ilícita y su capitán no era mejor que un pirata.

Al principio esta hosca realidad se me presentó velada por lo que los tripulantes me decían: el número de naves dedicadas a la compraventa de africanos era tan grande que invalidaba todas las leyes norteamericanas contra ese tráfico.

—Pura charlatanería de leguleyos —comentó Stout— para evitar que esos malditos cuáqueros agobien a todo el país con sus sermones.

Tal aseguraban todos los hombres sin más excepción que la de Ned Grime, el carpintero, quien hablaba como si viviese en las nubes y nada tuviera que ver con los necios empeños de la raza humana. Pero cuando descubrí que también Ned, como el resto de los hombres, participaría en los beneficios que se obtuvieran de la venta de negros, dejé de prestar atención a su pretendido retraimiento.

Fue Sharkey quien me explicó que no eran sólo los navíos británicos los que habían tornado peligroso el tráfico de esclavos. Escampavías aduaneros de Estados Unidos patrullaban nuestras aguas en busca de corsarios y de los contrabandistas que desembarcaban en Georgia y Florida a pequeños grupos de negros. Supe entonces que había también leyes norteamericanas contra la importación de esclavos. Extendió sus manos tanto como pudo para mostrarme el dinero que ganaban los contrabandistas tras llevarles al interior y vender a los esclavos en los mercados de las más grandes ciudades del Sur.

En aquellos primeros días, el tiempo fue espléndido y a veces lográbamos hacer 14 nudos. El capitán Cawthorne, alegre y bullicioso, golpeaba de buen humor a los tripulantes. Una vez le vi en cubierta de popa, entregado a una extraña danza: sujetándose los faldones de su chaqueta, lanzaba al aire sus piernas.

—Reza para que el tiempo siga así —dijo Stout—. ¡El capitán es tan testarudo que, mientras sea capaz de ver el bauprés, no recogerá velas por fuerte que sea el viento!

Me hallaba ocupado el día entero. Estaba al servicio de todos. Pero de vez en cuando disponía de algún momento libre cuando no servía al capitán su té y su ron o si no estaba arrojando desperdicios por la borda; o aprendía a remendar una vela en tanto Purvis aullaba ante la torpeza de mis dedos; o perseguía a las ratas que, no contentas con la despensa, acabarían por mosdisquear cabos y velas si no las atrapaba. Entonces buscaba un rincón de cubierta y contemplaba el mar o la lejana costa de Florida frente a la que navegábamos hasta pasar por los estrechos que la separan de Cuba.

¡Cuán extraño era ver otra nave! Una tensa vela en la distancia, como una palabra desconocida escrita a través del ancho cielo; un barco que llevara una tripulación como la de *The Moonlight* y quizás alguien como yo.

No conseguía acostumbrarme a la idea de que yo, un ser que comía y dormía, me hallaba en una cosa de madera siempre en movimiento, en algo cuyo destino podía cambiar por obra de un soplo de viento, por un súbito golpe de mar, por las corrientes y la lluvia.

Una mañana confié a Ned mis pensamientos.

—La propia Tierra se mueve —me dijo, tan frío como siempre.

—Quizá sea así —repliqué—, pero no lo siento.

—¿Por qué habías de sentirlo? —repuso el viejo—. Dios no desea compartir sus secretos con los descendientes de Adán.

Aflojó el torno del banco con el que sujetaba la madera que estaba alisando. Miró directamente al cielo.

—Hubo una vez un jardín en donde todo se sabía —declaró con extraño acento soñador.

Mi hermana Betty bordó en una ocasión un paño de lino con un mar de un azul intenso y un barquito pardo como nuez de pacana. Pero el auténtico mar no sólo era azul. A veces tenía un color que era como el olor del viento marino. Y al final del día el sol podía manchar el agua del amarillo de las cañas, del verde de los tilos, del rosa y del naranja de los camarones.

No pensaba mucho en mi madre y en Betty. Se habían sumido quedamente en el fondo de mi mente. Cuando las evocaba, se movían en silencio, haciendo las cosas que las había visto hacer toda mi vida: coser y limpiar, lavar y comer, ir al mercado. Sólo de vez en cuando sentía un aguijonazo de dolor y de inquietud al pensar que debían creerme muerto.

En una ocasión, durante una turbonada, mientras el mar rugía en torno nuestro, soportando sobre su hinchado lomo la acometida de los rayos, deseé desesperadamente hallarme lejos de aquella nave, estar en cualquier otro sitio que no fuera aquél. Una especie de ahogo cerró mi garganta. Pensé que iba a morir, falto de aire. Fue Purvis quien me cogió y me agitó hasta que empecé a sollozar de terror. Me golpeó en los hombros. De no haberme sobrepuesto, gritó, me habría subido por los obenques hasta que tuviera más aire del que cabía en mis pulmones.

Aquella noche, tendido en mi hamaca, el abatimiento caló hasta mis huesos. Por culpa de la lluvia estaban cerrados todos los cuarteles. El olor a lana húmeda llenaba mi nariz. La col en vinagre que había tomado al mediodía parecía haberse reconstituido en mi estómago y, finalmente, el pesado murmullo de las voces de Sharkey y de Isaac Porter, que siempre estaban discutiendo, me empujó a cubierta.

La lluvia se había aplacado. Nos movíamos como una flecha, como una nave celeste, entre los puntitos luminosos que eran las estrellas.

Supe que tenía que ser Purvis quien estuviera de guardia porque mientras contaba perezosamente las estrellas un salivazo pardo pasó junto a mi oreja cuando escupió el tabaco que mascaba. Me agaché y oí una risotada cuyo sonido familiar se impuso a los ruidos con que el barco hablaba, el crujido de los mástiles, el restallido de las velas, el aliento del mar.

Tal vez la noche y el mar induzcan a una persona a meditar sobre su vida. Así fue conmigo. Pensé que hasta entonces los únicos adultos que realmente había conocido fueron mujeres; no contaba al pastor, siempre tan campanudo con sus frases piadosas, ni al médico que con cordiales y bálsamos trató a mi hermana en el Hospital de la Caridad. Aquí no había más hembras que las gallinas del capitán. Jamás imaginé que fuesen tan grandes las diferencias entre los hombres. Aquella idea me indujo a preguntarme por qué no me agradaba Benjamin Stout. Me sorprendió. Hasta aquel instante no supe que el *agrado* importaba, lo que hasta entonces me había importado era el modo de ser tratado. Y Stout me trató amablemente, mostrándome cosas que el resto de la tripulación no se había preocupado de enseñarme, consiguiéndome raciones adicionales de arroz y de vaca mientras Curry volvía la espalda, cociéndose los sesos en su fogón.

Pero era a Purvis a quien deseaba ver cuando me despertaba por la mañana. Purvis, con sus bromas horribles y groseras, sus aullidos y sus maldiciones. Era en Purvis en quien confiaba.

El capitán había decidido que mi nombre era Bollón y yo daba un respingo cada vez que le oía decírmelo. Algunos de los tripulantes le imitaron, pero cuando me llamaban así les volvía la espalda. El capitán aún se mostraba alegre. Le escuchaba vocear sus órdenes mientras el viento se afirmaba. Aprendí algunas de las palabras que profería, pero me costaba mucho relacionarlas con las velas a las que se referían. Purvis aseguraba que cualquier marinero tenía que conocer cada vela, cada candaliza y cada driza de modo tal que en la más oscura noche no cometiese un error que pudiera costar la vida a la nave y a la tripulación. Me gustaban especialmente las palabras monterilla y sosobreperico que repetía mentalmente, saboreando sus sílabas. Pero el velamen de una nave era algo tan superior a mi poder de comprensión que no me esforcé por entenderlo. Aunque la mayoría de los tripulantes se me antojaban hombres a menudo crueles, no podía dejar de admirar el modo temerario con que trepaban por los flechastes hasta las vergas y afirmarse allí tan seguros como un pájaro en una rama.

Por lo que se refiere al segundo, Nicholas Spark, contra quien me había prevenido Stout, poco tenía que ver con él. Se mantenía pegado al capitán como sombra suya. Tenía siempre la expresión de quien rumia algo y al hablar siseaba como un hierro al rojo metido en agua.

Llevábamos ya tres semanas en el mar cuando una mañana, después del baldeo de la cubierta, el viento cesó por completo. Nadie fuera de mí pareció sorprenderse. Por entonces nada sabía yo del cielo ni del modo de leer sus signos.

Durante varios días *The Moonlight* hizo escasos progresos, y lo poco que avanzó fue por obra de un ventarrón que tensó hasta la última vela. A bordo se habían operado ciertos cambios que yo apenas había advertido, hasta que con el sosiego del barco hizo que reparase en la mudanza. Unos emparrillados habían reemplazado a los cuarteles de las escotillas. En la cocina de Curry había aparecido un enorme caldero y una mañana hallé a John Cooley trabajando afanosamente en un objeto ante el que me estremecí, aunque pensaba que jamás lo había visto antes.

Era un látigo de nueve nudosos cordeles. Cuando me acerqué comenzaba a sujetar los cordeles a un mango. No quería verlo, pero me era imposible apartar los ojos de aquello. Cooley alzó la cabeza. Nuestras miradas se encontraron. Se echó a reír.

Me volví y descubrí a Spark, que me observaba desde el timón. Cooley rió de nuevo. Una vela restalló cercana. La helada mirada de Spark no se desvió de mí. El sol parecía empalado por el mástil de mesana. Sentí calor y frío. Entonces Purvis me despabiló, gritando sin volverse:

—¡Jessie, si no vas abajo iré yo por ti! ¡A cazar ratas antes de que nos coman!

El momento pasó. Cuando volví a mirar a Spark, decía algo al timonel y Cooley se ponía en pie. Justo antes de descender a la bodega, observé que Cooley hacía restallar el látigo y asentía satisfecho.

La nave no iba a parte alguna bajo un cielo que se entenebrecía en noches en calma y se iluminaba con días tan quietos y vacíos que éramos como un plato colocado sobre el borde de un pozo sin fondo. El capitán y el segundo recorrían la cubierta, clavados los ojos en el cielo, y los marineros disputaban. Discutían de la mañana a la noche e incluso en mitad de la noche. Benjamin Stout perdió su sonrisa cuando halló que habían vaciado su cofre. Todo su contenido apareció desperdigado, su navaja y el suavizador, su cuchillo y su tenedor, la vaina del cuchillo, el punzón que empleaba para sujetar dos cabos y su pequeña Biblia de marinero, cuyas páginas estaban tan húmedas como si la hubieran arrojado al mar.

Durante aquellos días una fiebre pareció hacer presa en nosotros, dejándonos débiles y sin embargo inquietos. Stout acusó a Purvis de haber vaciado su cofre. Al parecer juzgaba que ése era el peor de una lista de delitos que le atribuyó. Purvis profirió algunos juramentos y le mostró los puños; los otros echaron leña al fuego, incitándoles no sé con qué fin. Yo permanecía fuera de nuestro recinto tanto tiempo como me era posible y una vez dormí en cubierta. Spark me halló acurrucado cerca de la proa y me dio tan terrible patada que me envió rodando lejos de allí.

Fue al alba; la luz era del color del propio mar y apenas se distinguía la línea del horizonte cuando vi una figura con la cabeza envuelta en un paño de modo tal que no pude reconocerla. Avanzaba furtivamente a gatas hacia popa. Aunque temía que volviese Nick Spark, me inspiraba tanta curiosidad aquella silueta reptante que me quedé en donde estaba.

Observé muy atentamente la cubierta, pero el segundo o se había evaporado o se había marchado a su caramarote. Gardere y Seth Smith pasaron a menos de medio metro de donde me hallaba escondido junto al bote. Si vieron al que se arrastraba, aparentemente no le prestaron atención.

Unos cinco minutos después aquel individuo retornó por la misma ruta, como un gusano ciego. Pero esta vez avanzaba sólo sobre las rodillas y una mano, porque los tiznados dedos de la otra sujetaban un maravilloso y blanco huevo que a la tenue luz parecía tan luminoso como una lunita alzada entre la cubierta y la amurada.

El aire era húmedo, llegaba cargado de olores marinos y lo respiré como si fuese un trago de fresca agua. Mas tan pronto como imaginé lo que sería beber una charca entera, rehuí la idea. Habían reducido nuestra ración de agua. Cuanto más tardásemos en llegar a nuestro destino, menos tendríamos. ¡Dios sabe lo pobre que era mi familia! pero en mi casa nunca se acabó nada por completo, siempre habíamos tenido algo que comer y que beber. Por vez primera en mi vida, y si concentraba en eso mis pensamientos, podía ver el final de algo necesario para que la vida prosiguiese. Vivíamos de lo que la nave podía portar, pero el barco bebía el viento, y sin viento, nave y tripulación se perderían en la inmensidad del océano.

Me apresuré a volver a la entrecubierta. Allí encontré a Purvis, Stout y Sharkey observando el huevo, un objeto harto ordinario a la luz de la lámpara de petróleo. Alguien lo había colocado en un gorro de hule y los tres marineros lo miraban como si fuese una joya inapreciable.

Aunque nosotros no disfrutábamos de huevos en nuestra comida, pensé que exageraban un poco. Todavía aterrado por mi visión de los barriles vacíos de agua, pregunté:

—¿Creen que Curry me daría un poco de cerveza?

Confiaba en que alguno de los hombres me respondiera. Stout murmuró:

—No te apures, muchacho. Ya conseguiré lo que necesitas.

Pero Purvis dejó el gorro en las manos de Stout y me dio un golpe en la espalda.

—Ya está bien de lloriqueos. Ninguno de nosotros se halla mejor salvo esos dos a los que no mencionaré. Me hartan tus maullidos, Jessie. Tienes para beber lo mismo que todos nosotros, y eso es bastante más de lo que conseguirías en algunos barcos que yo me sé.

Me encogí de hombros tan fríamente como pude, pero me sentí mejor aunque por nada del mundo lo hubiera reconocido ante Purvis.

Pese al lóbrego amanecer, la mañana fue clara y soleada. Más tarde, aquel mismo día, sopló un poco de viento. A la primera bocanada los hombres enderezaron sus espaldas y se movieron con más viveza por cubierta. Las voces cobraron más fuerza y en la cocina Curry entonó para sí una canción con voz tan cascada y horrible que pareció como frita con tocino. Sólo Nicholas Spark cruzaba por el barco como un espíritu de verdín y podredumbre.

Aquel día logramos una buena andadura, aunque al acercarse el crepúsculo el viento aflojó un tanto, a la par que nuestros ánimos. Luego todos fuimos llamados a cubierta, incluso los que descansaban tras su guardia.

Nos agrupamos en el centro del buque mientras a nuestro alrededor el cielo llameante del ocaso hacía brillar los rostros y bañaba los mástiles en una luz suave y dorada.

El capitán y Spark se hallaban a cierta distancia de nosotros, mirándonos fijamente. Gardere estaba al timón y San Wick y Smith atendían a las velas. El silencio fantasmal, los líquidos cerros del mar, las figuras inmóviles del capitán y del segundo me llenaron de miedo y, sin embargo, también de una especie de alborozo, como si todos aguardásemos la aparición de algo sobrenatural. Entonces habló el capitán:

—Ha llegado a mi conocimiento, no os diré cómo, que algo precioso me ha sido arrebatado, robado en la oscuridad por un rufián, capturado por sus sucias garras para llevárselo a su escondrijo.

Hizo una pausa. En el terrible silencio que siguió a sus palabras vi una vez más la aparición matutina, portadora del huevo que parecía una luna.

—¡A su escondrijo! —estalló la voz del capitán—. ¡Y allí se lo comió! —chilló—. ¡Se comió lo que era mío!

Spark se adelantó, sujetando en sus manos un cabo embreado.

—¡Ese rufián, ese mastuerzo irlandés, ese ladrón, esa escoria, que dé un paso al frente! —ordenó el capitán con voz súbitamente serena.

Ninguno de nosotros se movió.

—¡Purvis! —gritó Spark imperativamente—. ¡Adelante, Purvis!

Purvis dio un paso hacia ellos.

—El viento está refrescando un tanto. ¿No le parece? —dijo despreocupadamente el capitán a Spark.

—Creo que así es, en efecto, señor —replicó el segundo.

—Soplará de firme esta noche, ¿verdad, Spark?

—Yo diría que sí.

—Cooley y Stout, atad al mástil a esa serpiente ladrona de huevos —declaró el capitán.

Sin un instante de titubeo, los dos marineros se apoderaron de Purvis y lo ataron al mástil.

—¡Ahora, Spark, despójele de la camisa con su cabo! —ordenó el capitán.

Nicholas Spark empezó a flagelar las espaldas de Purvis. A cada latigazo saltaban jirones de tela empapados en sangre. El sol comenzó a ocultarse en el horizonte y aún seguía golpeándole. Incapaz de sostenerme sobre mis piernas, me apoyé en Ned, que no hizo el más leve esfuerzo por aguantar mi peso. Lloré en silencio. Purvis gruñía y gemía, pero nunca gritó.

Con el que me pareció ser el último rayo de sol, el cabo embreado cayó de la mano del segundo de a bordo. Se volvió hacia el capitán, su cara tan tersa como la superficie de una piedra.

—Atadle ahora a los obenques —dijo el capitán—. El aire refrescará su alma corrompida.

Apenas dormí aquella noche. Una vez asomé por cubierta. Allá arriba, como una enorme ave descoyuntada colgaba Purvis sujeto a los obenques, azotado por el viento como si estuviera animado por el mismo demonio que había alzado la mano de Nicholas Spark y lanzado contra su espalda el cabo embreado.

Hacia la madrugada oí una conversación sin que reparasen en mi presencia.

Smith decía:

—Tú entregaste a Purvis a esa bestia.

—El hubiera hecho lo mismo en mi lugar —declaró Stout.

—Eres un ser maldito y repugnante, Stout.

—No diferente de ti ni de cualquier otro —repuso tranquilamente Stout desde su hamaca.

—Eres igual que Cawthorne —afirmó Smith—. Nada os distingue, excepto que él es ambicioso.

—Puede que tengas razón, Seth —admitió Stout—. Me hubiera gustado tener la ambición de Cawthorne. Ya sería rico.

Se echó a reír.

Entonces oí a Ned preguntar quién había delatado a Purvis.

—No me sorprendería que hubiese sido el propio Stout —declaró Seth Smith.

—No, no. No hice eso. Supongo que Spark me vio. Pero fíjate —prosiguió Stout amigablemente, como si estuviese hablando del mejor modo de atar un cabo—, Purvis y yo hemos navegado antes con el capitán y con Spark, y creo que me consideran un poco más que a él.

Aquello era más de lo que podía soportar. Sentí que me estallaba la cabeza y me ardían las mejillas.

¿Por qué no negó Purvis haber robado el huevo? No podía hallar palabras con las que calificar las acciones de Stout. ¿Por qué el resto de la tripulación no se apoderó de él y le arrojó por la borda? ¿Por qué no acudieron al capitán y le informaron de la identidad del auténtico culpable? ¿Por qué Stout se hallaba tan tranquilo, satisfecho incluso, mientras permanecía imperturbable, tumbado en la húmeda oscuridad, acusado de una horrible felonía por otro marinero? ¿Y cómo era posible que ahora le oyese roncar plácidamente?

Sharkey y Smith trajeron a Purvis por la mañana. Ned tomó un tarro de ungüento de su botiquín y frotó las heridas de su espalda mientras él permanecía inclinado sobre su cofre de marinero. Le di un pichel de té con ron que bebió poco a poco. Su cara estaba tan arrugada como un pergamino estrujado, tan blanca como si el viento le hubiera privado de toda su sangre. Sus ojos hundidos me observaron por encima del borde del pichel.

Nos quedamos solos unos minutos. Seguí mirándole, incapaz de apartar mis ojos de él. De vez en cuando gruñía quedamente o meneaba su cabezota como si le molestase algo que volara en torno a sus cabellos. Luego dejó caer el pichel en mis manos.

—Pronto estaré bien, Jessie —dijo con voz débil y cascada.

—Pero... ¡fue Stout! —grité.

—Oh, sí. Fue Stout.

—¿Y por qué no lo dijo? —inquirí lleno de rabia ante tal injusticia.

—De nada hubiera servido. A los oficiales de este barco poco les importa la verdad. Tráeme un taco de tabaco, ¿quieres, Jessie? Hará que me sienta humano.

Se lo llevé. Con gran esfuerzo partió un pedazo y se lo metió en la boca.

—Ah... —suspiró.

—Pero si no fue usted... —empecé a decir.

—El capitán había decidido que ya era tiempo de azotar a alguien.

—¿Para escarmiento de los hombres? ¿Por qué? —pregunté.

Purvis entrelazó sus manos y se inclinó hacia adelante.

—Ya está bien de hablar, Jessie. Ahora descansaré —dijo.

Stout me entregó un pedazo de queso cuando aquella mañana me senté junto al banco de Ned para coser una vela. Lo tomé y lo eché por la borda.

Me sonrió amablemente, como si no pudiera culparme de mi gesto.

El golfo de Benín

Ned el carpintero se había mostrado extraordinariamente atareado. El resultado de su trabajo era una plataforma sobre la cual montaron una carronada de nueve libras, negra como un murciélago y que absorbía la luz del sol o el resplandor de los días nublados, un artefacto de hierro que Nicholas Spark tocaba cada vez que pasaba por allí, como si fuera a darle suerte.

No necesité que Purvis me dijese que pronto tendríamos un encuentro. Bastaba con ver aquella rama.

Una bandera norteamericana en el pico de cangrejo disuadiría a los británicos de un abordaje. La carronada les advertiría de que podíamos valernos por nosotros mismos. Purvis había oído que al parecer existía algún buque de guerra de Estados Unidos dedicado a impedir el tráfico, pero contando con miles de millas de costa que patrullar era poco probable que nos topáramos con esa nave.

—Además —precisó— está la cuestión de las banderas.

—¿Qué banderas?

—Las que guarda el capitán en su camarote. Tales son las cosas, Jessie. Si nos avista una patrulla norteamericana, izaremos pabellón español. Y si insisten, les enseñaremos todo un montón de papeles que demostrarán que *The Moonlight* es de propiedad española.

—¡Pero cualquiera podría afirmar que no es así!

—Te aseguro que en tales cosas son los papeles los que deciden —declaró Purvis—. Si los papeles están en orden, no importa otra cosa. Funciona en ambos sentidos. Los negreros españoles contratan a un ciudadano norteamericano para que les acompañe. Si son abordados por los británicos, el norteamericano se cala una gorra de capitán, toma el mando de la nave, muestra los papeles que acreditan su propiedad y amenaza al oficial británico que se haya atrevido a poner pie en cubierta con perseguirle judicialmente. No son muchos los que osan correr el riesgo de la sanción por haber abordado una nave sin hallar ni esclavos ni la impedimenta de un negrero. Navegué una vez a las órdenes de un capitán que se hizo rico con el tráfico y no fue capturado en diez años. Cuando por fin le abordaron en la desembocadura del río Volta, empezó a arrojar esclavos por el costado de babor mientras que su criado portugués, vestido con las ropas de capitán, maldecía a los británicos que habían subido por el costado de estribor. ¡Nada pudieron probarle!

—¡Pero son muchos los adversarios de ese tráfico —repuse, irritado de que Purvis se mostrase tan satisfecho de sus argumentos.

—¡Oh, Jessie! ¿No lo ves? ¡A los británicos les gusta provocarnos porque ya no les pertenecemos!

—¡Pero en su propio país declararon fuera de la ley la esclavitud!

Purvis se frotó el mentón y entrecerró los ojos.

—Puedes tener la seguridad —declaró con convicción— de que no hubieran promulgado leyes contra la esclavitud si hubiesen hallado en ésta algo que les resultase lucrativo. Así son las cosas, Jessie. ¡Pero ya verás! ¡Conseguirás un poco de los beneficios al final de este viaje!

Sentí que la fuerza de la verdad se reprimía y ocultaba tras la sonrisa de Purvis, y así, quizá para recordarle algo que no pudiera descartar y explicar tan fácilmente como una ley británica, le pregunté:

—¿Aún te duele la espalda?

Hizo un gesto desdeñoso y alzó su puño.

—¡Eso no importa! —gruñó.

Me introduje en mi hamaca con mucho en qué pensar.

Aquel parecía un mundo del revés. Mi amigo era un hombre que me había enrolado a la fuerza. Me desagradaba el hombre que me había amparado. Pese a toda esa cháchara de los papeles, podía advertir con claridad suficiente que los dos Gobiernos actuaban en contra de esta empresa aunque, en opinión de Purvis, mi oposición careciese de solidez. Purvis había afirmado que los reyezuelos nativos vendían de buena gana a sus propios súbditos y, sin embargo, también me había advertido que existían cabecillas dispuestos a hundir la nave y a matarnos a todos si tenían oportunidad.

—Tócanos una canción —la voz de Purvis se alzó hasta mí con una cierta melancolía—. Durante todas estas semanas no has tocado una sola, y pronto te verás tocando, mas no para nosotros.

Miré por encima del borde de la hamaca. Smith y Purvis me observaban expectantes. Tomé mi pífano, salté de la hamaca y toqué tan aprisa y tan fuerte como me fue posible. Los dos hombres bailaron en tan pequeño espacio, abrazándose como dos osos soñolientos, tan serias sus caras como si estuviesen leyendo la Biblia.

A mediodía penetramos en el Golfo de Benín. Hacia la caída de la noche estábamos frente a Ouidah. Entonces oí correr la cadena sobre cubierta mientras el ancla se precipitaba al mar, reteniéndonos frente a esa costa desconocida que antes había señalado Sharkey desde la cofa del trinquete con un grito de «Tierra a la vista...»

Escruté ansiosamente el litoral como si con una mirada recobrase la sensación de firmeza del suelo, aquel alivio después de tantos días de balanceo marino...

Pero la tierra estaba en llamas. Hacia el cielo cada vez más oscuro se alzaba una cortina de fuego, tan roja y dentada como las heridas que el látigo abrió en la espalda de Purvis. Aquella parecía la muerte de un gran bosque.

—Se trata del barracón —declaró Seth Smith, que se había reunido conmigo en el coronamiento—. Los diablos británicos lo han incendiado.

—¿Barracón? —inquirí.

Pero Smith no prestó atención a mis palabras y dio rienda suelta a su furia.

—¡Los británicos, los británicos! —aulló—. ¡Han prendido fuego al barracón y los malditos negros que guardaban para nosotros habrán echado a correr y se habrán escapado!

Quise saber de qué barracón me hablaba.

—Es un recinto en donde los cabecillas los guardan encadenados y listos para venderlos. Y los británicos, que se creen dueños del mundo entero, les han soltado, destruyendo propiedades que no son suyas.

—¿No traficaremos entonces, tras haber desaparecido todos los esclavos?

Se rió sonoramente.

—¡Los esclavos no se acaban *nunca*! Toda Africa no es más que un saco sin fondo lleno de negros.

—¿Desembarcaremos pronto?

—*Nosotros* no desembarcaremos nunca —repuso con enojo, como si hubiera dicho alguna impertinencia—. El capitán se encargará de llevar a los jefes muestras de nuestro ron. Irá de noche en el bote y dejará a Spark para que cuide del barco y de nosotros. ¡Mira hacia allá ahora! ¿Ves aquellas naves? Son algunos de los buques del Escuadrón británico. Ya han hecho su sucio trabajo en tierra y ahora estarán frotándose las manos ante la idea de este sabroso barquito que ha navegado tanto sólo para quedarse a esperar.

—¿Saben por qué estamos aquí?

—¡Señor! Pues claro que lo saben. Habrán estado observándonos con el catalejo desde que entramos en el Golfo. Ahora se trata del juego del gato y del ratón. Pero Cawthorne lo conseguirá. Es un hombre tenaz.

Aparté los ojos del lejano grupo de naves y volví a observar las inmensas llamaradas. Sólo a través de los relatos de Purvis había podido imaginar el poder destructivo del mar. A excepción de unos cuantos días de calma chicha y de una o dos turbonadas, nuestro viaje no había registrado incidente alguno digno de mención. Pero conocía el horror del fuego. Hacía tan sólo tres años, 107 casas habían sido devoradas por las llamas en Nueva Orleans y me asustó entonces tanto el olor de la madera quemada, el humo y el fuego que se extendía a su antojo que durante muchas semanas fui incapaz de sentarme en nuestra habitación cerca de las velas. Al encenderlas de noche y contemplar las llamitas, me veía corriendo a través de lagos de materias fundidas como los que nuestro pastor nos describía cuando proclamaba ante nosotros la existencia del infierno que aguardaba a los pecadores.

—Recorrerá la costa arriba y abajo —prosiguió Smith con tono de desafío, como si se dirigiera a las lejanas naves británicas y a sus tripulaciones—. ¡Pues claro que lo hará! Y, junto con el ron, llevará los grilletes que los cabecillas necesitan para los esclavos. Luego, una noche, llegará hasta nuestro barco una larga canoa llena de negros hasta la borda. Y a la noche siguiente, otra, tan silenciosa que no te enterarás de su arribada hasta que los esclavos estén en cubierta gimiendo, llorando y mordiendo su propia carne. ¡Todos esos negros están locos! Los británicos sudarán de rabia porque no tienen derecho a registrarnos. El único peligro para nosotros estriba en que los británicos consigan avisar a la patrulla norteamericana. ¡Pero te aseguro que ese buque sólo está aquí para protegernos frente a cualquier abuso de los condenados ingleses! Porque, como cualquiera sabe, todo nuestro país se halla a favor del tráfico, pese a los rufianes que gritan y alborotan acerca de la suerte de los *pobrecitos* negros. ¡Pues claro que pobres! Viven en el salvajismo y en la ignorancia. ¡Piensa en eso... sus propios jefes impacientes por meterles en nuestras bodegas!

—Pero ¿qué pueden hacer los británicos?

—Podrían tratar de bloquearnos si fuésemos tan temerarios como para navegar río arriba. Podrían obligarnos, una vez recogidos los esclavos y dejado nuestro cargamento, a largar tanta vela que corriésemos peligro si nos persiguieran.

—Usted ha estado antes en barcos negreros —dije.

—Todos nosotros. Es un trabajo sucio. Y no todo el mundo tiene las agallas que hacen falta —cambió de talante súbitamente porque mostró una enorme sonrisa—. ¡Por retaco que aún seas te verás quizá con una pistola en la mano!

—¡Una pistola!

—Sí. Todos estaremos armados mientras nos hallemos a la vista de la costa. Si los negros intentan algo, será entonces, cuando aún puedan ver de dónde vinieron. ¡Oh, han hecho cosas terribles que yo podría contarte! ¡Matar a toda una tripulación con su capitán y luego lanzarse al mar aún con los grilletes puestos!

Pensé de repente en las historias que había oído en mi casa acerca de las rebeliones de esclavos en Virginia y en Carolina del Sur. Casi me quedé sin aliento; allí, ante mis ojos, se extendía el mismísimo mundo del que habían sido arrancados tales esclavos. Aquí, en esta pequeña nave, llevaríamos Dios sabe cuántos, y yo, sin que en ese instante pudiera concebir de qué manera, había de hacerles bailar.

—¿Por qué tienen que bailar los esclavos? —pregunté con timidez por miedo a molestar a Smith. Por entonces tenía tanto miedo de cualquiera de los hombres de *The Moonlight* como pudiera haberlo sentido cuando por vez primera pisé su cubierta.

—Porque eso les mantiene sanos —repuso Smith—. Cuesta mucho conseguir beneficio de un negro enfermo...; no resulta fácil cobrar el seguro. Y cualquier capitán se enfurece cuando, después de todas las fatigas pasadas, tiene que lanzar por la borda a los enfermos a la vista incluso del mercado.

Smith se alejó y me quedé con mis temores. No decrecieron gran cosa hasta el alba siguiente, cuando por primera vez vi claramente aquella tierra.

Verde, parda y blanca, árboles, costa y olas. Evoqué mi país natal. Al mismo tiempo me sentí presa de una terrible sed.

Pensé que había acabado por acostumbrarme a hacer las cosas sin todo lo que me resultaba familiar, aceptando sin rechistar pequeñas raciones de agua y de comida. Pero la vista de la tierra, el anhelo de poner pie en algo que no se balancease, gimiera y crujiese, convirtió a la habitación del callejón del Pirata en el único lugar del mundo en el que deseaba estar. ¡Sentarme allí en un banco al sol y pelar y comerme una naranja! En aquel momento reparé en Purvis, que arrastraba por cubierta una enorme lona.

¡Le odié!

—Echame una mano, Jessie —me gritó.

No me moví.

—Coge de una punta —volvió a decirme.

Quieto. Permanecí inmóvil, casi insensible de rabia.

—¡Cógela! —ordenó la voz terrible y sepulcral de Nicholas Spark.

¡No por última vez, pensé en lanzarme por la borda y desconcertar a todos! Pero me sometí, convencido de que no había nadie en la nave que me lanzase un cabo y me rescatara del mar. Me acerqué lentamente a Purvis, experimentando una vergüenza que jamás había sentido antes.

Con mi ayuda y la de Gardere, Purvis alzó una tienda sobre cubierta. Espontáneamente me dijo que era para que allí se sentasen los esclavos mientras comían. Nada había preguntado yo ni formulé comentario alguno. No me hallaba mucho mejor de lo que estarían los esclavos, me dije. Me sentí entonces profundamente solo entre aquellos hombres. Ni siquiera conseguí sonreír ante los murmullos peculiares de Curry mientras se revolvía en su cocina, preparando el hediondo rancho que tendría que comer si no quería morir de inanición.

Benjamin Stout, que no había dejado de hablarme amablemente pese a la frialdad con que me comportaba con él, fue tras de mí y me preguntó por qué me mostraba tan arisco.

—Déjeme en paz —le grité por fin, después de que me hubo seguido hasta mi hamaca.

—Si habla con alguien, no será con una cucaracha robahuevos como tú, Ben Stout —declaró Purvis, cuya cabeza asomó colgando por encima de la escalera de la entrecubierta como una luna de contornos dentados—. No hablará con un hombre que permitió que un compañero fuese colgado de los obenques en su lugar.

—¡Se muestra tan hosco!... —declaró Stout con un tono desenfadado, como si estuviese conversando con un amigo—. Unicamente me preocupaba lo que le pasa al chico.

Stout era con seguridad el peor hombre que yo había conocido o del que hubiera oído hablar, peor incluso que Nicholas Spark.

—Preocupado —repuso burlón Purvis—. ¡Preocupado tú! ¡Sólo es esa maldita curiosidad tuya, que te empuja a hurgar, a acechar y a enredar! Jessie, sube a cubierta. ¡Vamos! ¡Pórtate bien! Todos nos amurriamos tan cerca de una costa como ésa y sin poder pisarla. Pero piensa, el viaje ya está a la mitad; si soplan los alisios te verás en tu casa justamente en un tiempo igual al transcurrido. ¡Y más rico también!

No me moví.

—Bueno, si no quieres hablar no puedo quedarme aquí, colgando como un jamón ahumado.

Jamón. ¡Oh, jamón! ¡Y un barril de agua!

Permanecí largo tiempo abajo, solo. Tal vez Purvis se apiadó de mí y cuidó de que nadie me reclamase. Cedí un tanto en mi rencor hacia él, en parte porque había expresado mis propios sentimientos respecto de aquella costa tan próxima e inalcanzable.

El tiempo pareció detenerse sobre nosotros. Estuvimos allí tres días como un reclamo de madera. El cielo amenazaba lluvia, pero no cayó una gota. Sharkey se entregó al ron y empezó a tambalearse sobre cubierta, gritando y maldiciendo hasta que Spark le tumbó cuán largo era con un golpe de cabilla. La sangre brotó de la herida y luego se secó. Observé su cabeza con el corazón endurecido. Nadie volvería a aprovecharse de *mí*. Dirigí una mirada asesina a las espaldas de Spark. Lancé una patada al mástil y maldije. Nadie se dio cuenta de ello.

Llevaron a cubierta el enorme caldero que Curry había fregado. El capitán llamó a los tripulantes y entregó una pistola a cada uno menos a Purvis y a mí.

—A ti no, serpiente —espetó a Purvis—. Podrías meter una bala en la cabeza de mi última gallina.

Nada me dijo a mí.

Ahora eran más quienes, como Sharkey, se entregaban al ron. Por la noche el barco resonaba de retazos de canciones farfulladas, de improperios, de estúpidas risotadas y, a veces, de golpes dados y recibidos. Sólo Ned y Ben Stout permanecían sobrios. Ned observaba a los ebrios con mirada indiferente. Ben leía su pequeña Biblia a la luz de una lámpara de petróleo con expresión apenada pero indulgente. Una vez me aseguró que no debía tener miedo de los marineros. Yo no le había pedido tales seguridades y así se lo dije.

A la cuarta noche el capitán subió a bordo, de regreso del lugar al que hubiera ido, seguido por un hombre alto y delgado con piel de color café.

Purvis y yo los vimos encaminarse al camarote del capitán.

—Ese es el *cabeceiro* —declaró Purvis—. Un negro portugués, lo que llamarías un intermediario. El capitán tiene que pagarle un canon por haber anclado aquí. Luego irán a comerciar.

Quedaba sólo una nave del Escuadrón Británico. Sus luces de babor y estribor destacaban en la oscuridad. Supuse que las otras habrían ido a cerrar el paso de un río o tras un negrero español. No se nos habían acercado.

—¿Cómo es que los británicos no han ido en busca del capitán durante sus viajes por la costa? —me pregunté en voz alta.

—Tenemos perfecto derecho a vender y a comerciar con nuestras mercancías —afirmó Purvis con acento de indignación.

Luego se echó a reír y me contó que una vez subió a bordo un auténtico rey africano.

—Porque tienen reyes —dijo, rumiando sus palabras—. Naturalmente que tienen reyes.

Prosiguió con su historia, contándome que el rey y el capitán se emborracharon tanto que al amanecer el capitán franqueó la borda, dispuesto a ir a gobernar la tribu y a dejar al rey negro al mando de la nave.

—La bebida enloquece a los hombres —declaró Purvis muy serio.

—¡No es la bebida! —protesté—. ¡Es el secuestro de esos africanos lo que los enloquece!

Y miré con creciente temor hacia aquella costa que se extendía más allá de las turbulentas olas cuya espuma fantasmal era visible en la oscuridad. Pensé en el incendio del barracón, en el recinto ahora vacío bajo cielo sin luna que de vez en cuando dejaba caer un débil aguacero. Pensé en los reyes de las tribus africanas, acometiéndose entre sí para capturar hombres y mujeres, y niños por lo que sabía, que cambiarían por licores, tabaco y armas; cualquier noche esos cautivos llenarían la bodega de esta nave. Y de repente vi claramente ante mí, como una sombra sobre una vela, a la mujer del jardín de Nueva Orleans, Lucero, tan callada junto al quicio. El mundo, me dije, era un lugar tan perverso como aseguraba nuestro pastor, aunque fuese un verdadero necio. Me volví hacia Purvis, deseando hablarle de la mujer del jardín.

Me observaba con la boca abierta, como si yo fuese una cucaracha, alzada su mano por encima de mi cabeza en un gesto inconfundible. Me encogí.

—¡No digas tal! —rugió—. ¡Nada sabes de eso! ¿Crees que las cosas fueron más fáciles para mi propia gente que hace sesenta años viajó desde Irlanda hasta Boston, encerrada durante todo el tiempo en una bodega en donde podían haber muerto de enfermedad o asfixiadas? ¿Sabes que mi padre vivió obsesionado el resto de su vida por el recuerdo de quienes murieron en el barco ante sus ojos y que fueron lanzados al mar? ¡Y te atreves a hablar de mis padres en el mismo tono que de esos negrazos!

—Nada sé de su padre ni de su madre —repuse con voz temblorosa—. ¡Desde luego no fueron vendidos en el mercado!

—¡Vendían a los irlandeses! —gritó—. ¡Claro que los vendían!

—No los venden ahora —murmuré.

Pero prosiguió mascullando. Me dejé caer sobre cubierta, tapándome los oídos con las manos. ¿Cómo podía oponerse a una cosa y no a otra? ¡Aquello no tenía sentido! Pero mis especulaciones fueron muy pronto interrumpidas. Purvis me lanzó un puntapié en la espinilla. Aullé. Como si estuviese maldiciéndome, dijo:

—¡Lleva esos cubos a la bodega! ¡Aprisa, desgraciado!

—¿Qué cubos? —pregunté secándome las lágrimas porque verdaderamente me había hecho daño.

Me arrastró por cubierta y me señaló una fila de cubos alineados cerca de allí.

—¿Para qué son? ¿Por qué? ¿En dónde he de ponerlos? —indagué, sollozando.

—Son las letrinas de los negros —replicó con una voz que resonó como el trueno—. Ponlos en donde se te antoje. A *ellos* no les importará.

No nos dijimos una sola palabra durante el día siguiente, y cuando tenía que ordenarme algo hacía que Claudius Sharkey me lo comunicase. Pero el acontecimiento de esa noche acabó con nuestro enojo, así como con las borracheras de la tripulación.

Hacia la medianoche oí un sonido como si un millar de ratas corriesen por el casco de *The Moonlight*. Salté de mi hamaca, descubriendo que me hallaba solo en la entrecubierta y subí por la escalera hasta la cubierta.

Una enorme y blanca luna se cernía sobre el palo mayor en un cielo despejado, barriendo la cubierta con una luz pálida y fantasmal. Los tripulantes, pistola en mano, guardaban silencio, apoyadas las espaldas en la amurada de babor. Spark y el capitán Cawthorne observaban cerca de la amurada de estribor. Habían hecho girar la carronada cuya boca apuntaba a un lugar no lejos de los dos oficiales.

Percibí el frío resonar del metal contra la madera.

Oí un grito penetrante. Mis dientes empezaron a castañear.

Entonces una carita morena asomó por la amurada como si hubiese surgido del mar. Prosiguió elevándose hasta que fue visible su pecho. Luego vi unas manos oscuras en torno de su cintura. Las manos se alzaron, las piernas de aquella niña desnuda se agitaron en el aire y entonces distinguí la cabeza del muchacho que la había levantado.

Por un segundo permaneció sentada en cubierta, mirando en torno de sí, desorbitados de sorpresa los ojos; luego se puso a gatas y saltó hacia la amurada, pero fue rechazada por el cuerpo del muchacho que titubeó sobre la borda, incapaz al parecer de izar aún más su cuerpo. La niña se abrazó frenéticamente al cuello del joven y hundió la cara entre los rizos de éste. En aquel momento Nicholas Spark inclinó su delgada figura, aferró al muchacho por la espalda como si recogiese un montón de ropa y le hizo pasar sobre la borda mientras los grilletes de sus tobillos golpeaban con violencia la cubierta.

El resonar de los grilletes prosiguió mientras, uno tras otro, los cautivos pugnaban por salvar la amurada y eran lanzados o arrastrados hasta la cubierta. ¿Cuánto tiempo duró aquello? Nunca lo sabré. Ninguno de nosotros se movía.

Más tarde, después de que se hubiera apagado el estruendo de las caídas de los cuerpos y los sollozos de los niños, unos individuos casi desnudos se acurrucaron bajo la lona que habíamos levantado. El capitán se hallaba en popa, hablando en voz baja con el *cabeceiro,* a quien esta vez acompañaba un negro alto que empuñaba un látigo. Spark, pistola en mano, se mantenía muy cerca de los negros.

Aunque muchos habían callado, otros proseguían con sus lamentos. Imploré que cesaran porque no había respirado a gusto desde que la cara de la niña apareció por la amurada y me pregunté, inquieto, cuándo recobraría verdaderamente mi aliento.

—¡Purvis! —gritó Spark de repente — ¡A ése!

La pistola de Spark apuntaba hacia un hombre encogido, un tanto apartado de los demás. Apretaba sus rodillas contra el pecho; su cabeza colgaba de un modo extraño. Purvis corrió hacia él, le agitó, golpeó sus brazos y le zarandeó con tal fuerza que tuve la seguridad de que los dos acabarían cayendo por la borda.

Los demás negros, excepto la niña que había sido la primera en subir a bordo, volvieron los ojos hacia otro lado. Pero ella corrió hacia el muchacho.

—¡Cógela, Stout! —ordenó Spark.

Stout se adelantó y retuvo a la niña por los cabellos, empujándola hacia el grupo de los demás. Volvió a donde nos hallábamos, sonriendo vagamente mientras se restregaba la mano contra la camisa.

—¡Tráeme algo de ron, Jessie! —gritó Purvis.

Lo tomé de la cocina y corrí hacia Purvis que para entonces había apoyado al muchacho contra la amurada.

— Viértelo en su boca —dijo Purvis.

— Pero la tiene cerrada —repuse en voz baja.

— ¡Abresela!

— ¿Cómo?

— Así —intervino de repente Stout, que ya estaba junto a nosotros. Tomó el pichel de mis manos, lo alzó y después lo apretó con fuerza contra los labios contraídos del muchacho, y una y otra vez, como una pala que abriera un terreno endurecido, hasta que por la piel del negro y por los dedos de Stout corrieron gotas de sangre. Advertí que los demás esclavos habían callado. El único sonido que se percibía era el murmullo del capitán a popa y los golpes del pichel contra los dientes hasta que la luz de la luna hizo relucir contra la cubierta el ron y la sangre mezclados.

Aquella noche, echado en mi hamaca, me vi una y otra vez tendiendo mi brazo hacia el rostro ofuscado del muchacho mientras el ron se vertía por obra del temblor de mi mano. Oía, apenas ahogados por los tablones que nos separaban de ellos, los gemidos y los gritos de los negros en la bodega. El mundo, al que ya una vez imaginé tan grande y rebosante de oportunidades y encantos, ya no me parecía mayor ni más dulce que ese barco. Ante mis párpados cerrados con fuerza flotaba la cara de la niña que, tras una sola mirada a todos nosotros, parecía haber comprendido cuál era su destino.

Deseé que Purvis estuviese cerca pero faenaba en cubierta. Oí roncar a Gardere, muy próximo a mí. No podía soportar la soledad. Le desperté. Me gruñó amenazador y me dijo que era una rata alborotadora.

—¿Por qué fue tratado ese hombre de tal modo? —pregunté, ignorando sus bufidos.

—¿Qué hombre?

—Ese al que le obligaron a beber el ron.

—¿Hombre?

—Ese al que Purvis zarandeó...

—¿Te refieres al negro?

—Sí.

Gardere suspiró y me señaló su cofre de marinero.

—Tráeme algo de tabaco y mi pipa ¿Quieres, chico?

Le entregué lo que me había pedido. Necesitó mucho tiempo para encenderla. Luego, arrojando una nube de humo, declaró:

—Cuando se sientan de ese modo, con la cabeza entre las rodillas, sin moverse, hay que ponerles en pie y zarandearles, azotarles a veces. Si se les dejase en tal estado, morirían.

—¿Que morirían? ¿Cómo es posible?

—No lo sé. Sin embargo, lo he visto. ¡Lo juro! No tienen venenos, puesto que no podrían ocultarlos, desnudos como están. Pero, de algún modo, se mueren. Trata de contener la respiración, advertirás lo difícil que es. Yo mismo lo intenté tras la primera vez que lo vi. No ha dejado de inquietarme desde entonces. Es un misterio. Dicen que no son como nosotros y es verdad.

Durante cuatro noches las largas canoas se deslizaron por el costado de *The Moonlight,* entregando su cargamento de negros. Los del fondo llegaban medio inconscientes a causa de la presión de los cuerpos de otros cautivos; algunos sangraban; a consecuencia del modo en que se les había obligado a tenderse, los grilletes de sus tobillos habían magullado y desgarrado sus carnes.

Cada noche la tripulación se congregaba en cubierta tras haber cargado las canoas con ron, tabaco y unas cuantas armas mohosas. Vigilábamos en silencio cómo se arrastraban los negros hasta meterse bajo la lona, al menos los que no eran blanco de las botas de Spark. El *cabeceiro* observaba la llegada de su mercancía, dándose aires de importancia. Cerca de él se hallaba el negro alto del látigo con una expresión que me pareció de profundo odio tanto para blancos como para negros, como sino existiese raza de hombres a la que pudiera considerar suya. Sólo una vez Cawthorne empujó a un hombre hacia el *cabeceiro.*

—¿Un mostachón! —gritó Cawthorne —¡Qué infamia! ¡Tratar de engañarme con mala mercancía después de todo lo que te he concedido!

Purvis me explicó que un mostachón era un negro demasiado viejo para ser de utilidad alguna o con defectos físicos de cierto género.

—¿Qué será de él? —inquirí.

—Eso no nos atañe —gruñó Purvis, lanzándome una mirada de advertencia. Para entonces daba yo por supuesto que cualquier inte-

64

rés, y por ende preocupación, que mostrase por los negros induciría a Purvis a creer que estaba menospreciando a su madre y a su padre. Era como si existiese en su mente una relación, desconocida incluso para él, entre nuestro cargamento vivo y aquellas gentes de Irlanda, muertas hacía ya tanto tiempo, de quienes la historia de su viaje persistía como recuerdo amargo en él.

Nuestras bodegas eran pozos de miseria. La segunda mañana fueron hallados muertos dos hombres y Stout arrojó sus cadáveres por la borda como arrojaba yo la basura. Curry cocía en cubierta habas panosas. Muchos de los esclavos las escupían. Les dieron ñames que había traído a bordo el *cabeceiro*. Parecía convenirles más. Pero, como supe, sólo les repartirían ñames mientras siguiésemos a la vista de la tierra. Una vez en alta mar se verían condenados a una dieta en buena parte consistente en habichuelas, con un poco de vaca en salazón tomada de nuestra propia despensa. Junto con dos comidas diarias recibían un cuarto de litro de agua.

—Más de lo que nos darán a nosotros —dijo Purvis—. Cuando comience la escasez, seremos quienes más la padeceremos. Nada pierde Cawthorne si perecemos de inanición o nos morimos de sed.

La última mañana Stout llevó a la amurada a la niña que había sido la primera en subir a *The Moonlight*. La sujetaba boca abajo, aferrando con sus dedos un tobillo delgado y moreno. Tenía los ojos abiertos sin mirar a parte alguna. La espuma se había secado en torno a su boca. Con un gesto Stout la lanzó al agua. Grité. Ned me abofeteó con tal fuerza que caí sobre cubierta. Cuando me levanté, ví entre el grupo de esclavos acurrucados bajo la lona, a un chico de edad muy próxima a la mía que me miraba. No pude leer su expresión. Quizá sólo observaba tras de mí la tierra de la que había sido arrebatado.

El capitán había recogido algunas noticias durante una de sus anteriores incursiones por la costa. Uno de los dos buques norteamericanos, dc los que se sabía que patrullaban frente al litoral, había sido avistado ante el Cabo Palmas, en la Costa de Barlovento. Con casi cien esclavos en nuestras bodegas, al capitán le obsesionaba el temor de que los británicos hubieran advertido a los norteamericanos de nuestra presencia. Uno habría creído que toda la marina británica sólo pensaba en una cosa: impedir que Cawthorne prosiguiera con su «honesto comercio».

El tiempo se había tornado tórrido. Desde que salía el sol nos fustigaba con sus rayos. Nuestra ración de agua fue reducida de nuevo y me afanaba en mi trabajo con la boca tan seca como si la tuviese llena de ceniza. Ya no buscaba ratas en las bodegas. Tenía una nueva tarea, vaciar los cubos de las letrinas a medida que me los entregaba Benjamin Stout, quien se desplazaba entre los cuerpos yacentes como si pisara guijarros.

Con alivio, extraña sensación tras todos aquellos días, me enteré de que zarpábamos con rumbo Sur, hacia Sâo Tomé, una isla en poder de los portugueses en donde tomaríamos agua y víveres.

Después pondríamos rumbo al Oeste, a lo largo del Ecuador y luego hacia el Noroeste, hasta la altura de las islas de Cabo Verde.

Era allí, según me dijo Claudius Sharkey, en donde alcanzaríamos velocidad porque podríamos aprovechar los alisios y llegar hasta aguas de Cuba en tres semanas... si teníamos suerte a lo largo de mil millas durante las cuales una calma chicha podría retenernos cautivos durante días enteros.

Mi corazón se contrajo.

Creía que había concluído ya la mitad del viaje. Pero ahora, al parecer, era cuando comenzaba verdaderamente.

Nicholas Spark

camina sobre el agua

—... Y luego, uno tras otro, cada esclavo y cada miembro de la tripulación se quedó ciego —contó Purvis— y el capitán y sus oficiales se ocultaron en sus camarotes por miedo a contraer la enfermedad. Pero les faltaron los víveres y el agua y se vieron obligados a salir. Entonces el primer oficial quedó ciego y, sucesivamente, los demás oficiales perdieron la vista. Ciegos, vagaban por cubierta. Ciegos, no hallaban agua ni víveres. El capitán decidió escapar del barco en un pequeño bote. Pero se hallaba tan desesperado que se rompió el brazo, tratando de soltar el bote y arriarlo al mar. Y así se quedó solo con los muertos y los moribundos bajo el sol ardiente. La nave se perdió en el mar, llevada de uno a otro lado al antojo de las olas y nadie volvió a verla nunca.

—¿Pero cómo se sabe que el capitán se rompió el brazo? —pregunté.

—Ah... —suspiró Seth Smith —sencillamente lo sabemos.

La débil luz de la lámpara de petróleo arrojaba sombras que cobraban forma de cucharas sobre los rostros de los hombres. Gardere había cerrado los ojos como cegado por la historia de Purvis.

—Otras naves pasaron por allí antes de que desapareciese —me dijo Purvis en el tono de absoluta convicción que había percibido antes en las voces de los hombres cuando narraban historias más inventadas que ciertas —y cierto capitán juró que había visto el bote pender en ángulo tal de la serviola que estaba claro que el otro había fallado en su intento de arriarlo y se había lesionado.

No podía aceptar en modo alguno el razonamiento de Purvis; sin embargo el relato poseía un tinte de verdad, al menos en lo que se refería a su horror.

—¿No existe medicina para semejante enfermedad? —pregunté.

—Ninguna —replicó Ned—. Como no tiene remedio el mismo hombre.

Le observé, preguntándome aún por qué me había dado tal golpe cuando grité a la vista de la niña muerta. Confiaba en que hubiera tratado de protegerme. Sabía ahora cómo reaccionaba la tripulación ante cualquier signo de mi angustia por la condición de los negros.

—Nada tiene que ver eso, Ned —declaró Gardere hoscamente, abriendo mucho los ojos —. Tampoco tú eres un santo.

La voz de Gardere estaba embotada, como si tuviese la garganta repleta de miel, y tartajeaba un tanto. Todos los hombres habían bebido en exceso desde que Gardere y Purvis concluyeron su guardia. Aunque era ya muy tarde, y contra su costumbre, no se habían arrojado al punto en sus hamacas.

Habíamos levado el ancla y zarpado aquella noche para que los esclavos no viesen desaparecer la costa de su tierra. Un fresco viento que llegaba del litoral nos empujaba con facilidad. Pero no por eso se sentían a gusto los hombres. Su talante era inquieto y sombrío. Durante todo el día habían estado contándose relatos de naves perdidas, aunque ninguno tan horrible como el que acababa de escuchar.

Pero las historias no ahogaban los sonidos que llegaban de las bodegas. Ni toda la cháchara de los marineros, ni el constante batir del viento que nos empujaba podían enmascarar los gemidos de los esclavos cuando se revolvían y daban vueltas en torno a los barriles de agua o cuando pugnaban por hallar una esquina sobre alguno de los pocos jergones de paja en donde descansar sus tobillos engrillados. Dormité. Me desperté. Jamás en silencio ¿Sería así hasta el final de nuestro viaje? Sharkey afirmaba que se calmarían ¿Pero cómo?

Benjamin Stout había sido al parecer encargado de cuidar de los esclavos. Al día siguiente se afanaba de una tarea a otra. Aunque había llegado a desagradarme la lentitud de sus pasos y de sus gestos, descubrí que me repugnaba aún más su energía. Cuidaba de las raciones de agua y de las actividades de Curry con el enorme caldero. Con frecuencia asomaba la cabeza por las bodegas y gritaba algunas palabras en una lengua africana. Pregunté a Ned si también él podía hablarla. Respondió que en Africa existían tantas lenguas como tribus pero, como ninguna era cristiana, él no corrompería su lengua aprendiendo una sola palabra de tales jergas. ¿Sabía yo qué gentes llevábamos en nuestra nave? Son aschantis —replicó con repugnancia—, capturados probablemente en guerras tribales contra los yorubas.

—¿Pero es que combaten los niños? —inquirí.

—Los jefes secuestran a los pequeños —replicó—. Los negreros los dan a cambio buenos artículos porque son muy cotizados en las Indias Occidentales.

Observó desdeñosamente la ya lejana costa, que más que tierra parecía ahora una nube baja.

—Los africanos fueron tentados y luego se corrompieron con la codicia de los bienes materiales que les ofrecían despreciables traficantes. Todo es obra del demonio.

Le observé con curiosidad.

—Pero usted también es un negrero, ¿no es cierto, Ned?

—No pongo mi corazón en eso —repuso llanamente.

Pensé en su corazón y lo imaginé como algo semejante a una de las pasas que Curry solía introducir en la masa de harina.

Mas llevábamos muchas semanas sin probar tales manjares. Vivir en un barco y comer de lo que hay en la despensa era como un hombre que quemara su casa para mantenerse caliente.

Aún no me había visto afligido seriamente por el mareo. Pero a la mañana siguiente, muy temprano, nos topamos en el mar con una extraña turbulencia; *The Moonlight* empezó a cabecear y a balancearse de costado en tal rápida alternación que mi estómago hizo otro tanto. Sólo bebí un trago de agua. Sentí que si no mantenía la boca firmemente cerrada me vaciaría por completo hasta quedar como un trapo.

Si el cabeceo me puso enfermo, sumió a los negros de abajo en un frenesí de terror. De las bodegas se alzaban sin cesar aullidos y gritos. La misma nave parecía protestar por la violencia del mar, gimiendo y crujiendo más sonoramente que nunca.

Ben Stout, el capitán y Spark parecían impertérritos ante los sufrimientos de los negros. No puedo decir que el resto de la tripulación se apiadase de las miserables criaturas encerradas en las oscuras bodegas, pero los hombres callaban y rehuían tanto como les era posible las proximidades del lugar.

El capitán hizo que atasen su silla cerca del timón y no la abandonó hasta que nos vimos libres de las convulsiones del mar. Spark se reunió con Stout cerca de una bodega. Llevaba su pistola y la misma cuerda embreada con la que fue azotado Purvis. Spark nunca miraba hacia abajo, fueran cuales fuesen los sonidos que de allí llegaran. Entonces olvidé el malestar de mi estómago, me olvidé de todo.

Cuando abandonó su silla, el capitán gritó:

—Decid a Bollón que coja su pífano.

Al timón, Gardere me dirigió una rápida mirada. No pude leer su expresión.

Con una sonrisita, Stout dijo:

—Prepárate a tocar, muchacho.

Tendió una mano para darme un golpecito en el hombro. Me eché hacia atrás como si estuviese a punto de alcanzarme una mocasín. Tan claramente como era capaz vi en su otra mano el gato de nueve colas; lo empuñaban los dedos carnosos que habían sujetado el tobillo de la niña muerta.

Fuí a la entrecubierta y recogí mi pífano pero me quedé inmovil en la oscuridad hasta que oí que me gritaban.

Uno a uno sacaban a los esclavos de una de las bodegas. Unicamente las mujeres y los niños no tenían grilletes.

En sólo unos días habían quedado tan quebrantados, tan abatidos por los temores que debían haberles atormentado, que apenas podían permanecer en pie. Parpadearon a la intensa luz del día que empezaba. Luego se dejaron caer sobre cubierta. Las mujeres aferraban débilmente a sus hijos, inclinados los hombros como dispuestas a recibir el golpe mortal.

Todos los tripulantes se hallaban presentes; incluso a Ned se le ordenó que abandonase su banco y se pusiera en guardia.

Los esclavos recibieron su ración de agua y arroz con una salsa de pimienta y aceite. Cuando vieron la comida y el agua, exhalaron un coro de suspiros, tan próximos, que se fundieron en una inmensa exhalación.

—Algunos creen que nos los comeremos —me murmuró Purvis—. Temen que la primera comida fue sólo para engañarles. Cuando advierten que pensamos seguir alimentándoles, se ponen muy alegres.

No percibí alegría alguna. Los adultos comían melancólicamente, el arroz caía de sus labios como si les faltase ánimo siquiera para cerrar las mandíbulas. Los chicos hablaban entre ellos. A veces una mujer sujetaba la cabeza de un niño, como si temiera que su voz pudiera atraer el castigo. Entonces el arroz de la boca del niño se vertía sobre su brazo.

Cuando terminaron de comer, el capitán ordenó a Stout:

—Diles que se pongan en pie. Y que tenemos un músico para ellos y que han de bailar ante mí.

—No puedo decirles todo eso —replicó Stout—. No conozco cúales son sus palabras para bailar o para música.

—¡Pues entonces díles *algo* que les ponga en pie —gritó airado el capitán mientras blandía su pistola.

Stout comenzó a hablar a los esclavos. No le miraban. Algunos contemplaban la lona, como si allí hubiera una imagen pintada; otros bajaban la vista a sus pies.

En torno a ellos habíamos formado un círculo nosotros, vestidos, calzados y la mayoría armados. Muchos de los esclavos se hallaban desnudos; unos pocos tenían jirones de tela en torno a la cintura. Miré a los marineros. Los ojos de Ned se alzaban al cielo. Supuse que informaban a Dios del desatino que todos menos él cometían. Pero los demás observaban fijamente a los negros. Me sentía febril e inquieto. Advertí que, al margen de la ventaja que suponían las armas en nuestro poder, su desnudez les tornaba desvalidos. Aunque no hubiésemos estado armados, nuestras prendas y nuestas botas nos habrían proporcionado por sí solas un poder.

Había algo más que retenía la atención de los hombres... y la mía. Era la manifiesta diferencia entre los cuerpos de los hombres y los de las mujeres.

Jamás había contado a nadie que en algunas de mis últimas incursiones por nuestro viejo barrio me había arriesgado a sufrir el fuego del infierno, mirando por las ventanas de ciertas casas en donde había visto mujeres desnudándose y desnudas. Sólo puedo afirmar que no me demoré ante aquellas ventanas. En ocasiones, después de atisbar, me sentí avergonzado. Otras veces rodé por el suelo, presa de la risa. Ignoro por qué en unos casos me sentía entristecido y en otros exultante.

Pero lo que experimentaba ahora que podía observar sin trabas las formas de aquellas esclavas desamparadas era una mortificación superior a todo lo que hubiese podido imaginar.

Ante los gritos cada vez más ásperos de Ben Stout, algunos de los negros se pusieron en pie, titubeantes. Luego se alzaron más. Pero varios permanecieron en cuclillas. Stout empezó a agitar el gato de nueve colas; hacía restallar el látigo sobre cubierta y lanzaba los cabos hacia los pies de quienes no habían reaccionado a sus gritos, ni siquiera estremeciéndose. Al final acabó por alcanzarles. Las mujeres se levantaron al oír la primera palabra, aferrándose a sus pequeños contra sus pechos.

—¡Bollón! —tronó el capitán

De repente Ned encendió su pipa.

Soplé. De mi pífano brotó un quebrado aullido.

—¡Átale a la cofa! —chilló Cawthorne.

Stout se dirigió sonriente hacia mí. Soplé de nuevo. Esta vez conseguí una débil nota y luego algo parecido a una melodía.

El gato de nueve colas barrió la cubierta. Spark hacía palmas sin rastro de ritmo. El capitán agitaba sus brazos como si fuese atacado

72

por un enjambre de moscas. Un negro iba a dejarse caer pero Spark pisó con una de sus botas el pie descalzo del esclavo.

Tocaba contra el viento, contra el movimiento de la nave y contra mi propia voluntad, descontento de mí mismo. Al fin los esclavos comenzaron a alzar sus pies; las cadenas de sus grilletes prestaban un fúnebre acompañamiento a mi pífano. Las mujeres, al no estar engrilladas, se movían con más libertad, pero seguían apretando contra sí a sus hijos. De no ser más que un gemido apenas audible, sus voces empezaron a cobrar fuerza hasta que la canción o las palabras que entonaban o la historia que contaban acabó por imponerse al débil sonido de mi instrumento.

De repente, de modo tan abrupto como la caída de un hacha, se detuvieron. Ben Stout me arrebató el pífano. Los esclavos callaron. En sus cuerpos se había ido posando el polvo que habían levantado.

Aquella mañana hice bailar a tres grupos de esclavos. En el último vi al chico que creí que me había mirado cuando grité al ver cómo lanzaba Stout a la niña por la borda. No quiso ponerse en pie. Spark le asestó un latigazo con su cabo embreado que dejó un rastro de sangre en la carne morena y prieta de su espalda. Entonces se levantó y empezó a mover los pies como si no le perteneciesen.

A partir de aquel día y durante el resto del viaje tendría que prestar cada mañana tal servicio, por el que había sido secuestrado y llevado a través del océano.

Me horrorizaba la llegada del alba. Escuchaba sin interés los rumores: que dos de los esclavos tenían fiebres, que el buque que habíamos avistado por barlovento era un navío norteamericano en pos de *The Moonlight,* que Spark se había dado súbitamente a la bebida, que Stout era el espía del capitán entre nosotros, que un niño negro tenía la viruela.

En el puerto de Sâo Tomé, entre la malsana neblina de una mañana en que me vi relevado de todas mis obligaciones, salvo la de vaciar los cubos, me pregunté si me atrevería a saltar por la borda y cúales serían mis posibilidades de llegar a la costa. ¿Pero qué encontraría allí? ¿Otros hombres que podrían explotarme aún más de lo que me explotaban éstos? ¿O un capitán que torturase a su propia tripulación? ¡Dios sabe que había oído muchas de tales cosas!

Ahora los esclavos peleaban entre ellos. La causa inmediata eran los cubos de las letrinas. Muchos no podían llegar hasta donde estaban, pasando con la suficiente rapidez por entre los cuerpos de los otros, porque no había el más mínimo espacio libre. Los más padecían lo que Purvis denominaba flujo de sangre, una terrible calamidad de su vientre que no sólo les doblaba de retortijones sino que tornaba por completo inadecuados los cubos.

Una noche, mientras que aguardábamos anclados a que fuese de día para cargar provisiones, oí un grito de fuerza inhumana, de angustia insoportable. Comencé a sollozar, tapándome la boca con un viejo gorro de Stout por miedo a que alguno de los tripulantes me oyese.

Zarpamos poco después de la isla sin que yo lo lamentase. Era como si quisiese devorar los largos días que tenía por delante, tragármelos de golpe pensando en la hora, en el minuto mismo en que me dejasen abandonar aquel navío.

Llevábamos dos días con rumbo al Oeste cuando volví a oír de nuevo aquel aullido que partía de una de las bodegas. Era un grito de mujer que erizaba los cabellos y contraía el corazón. Había estado haciendo bailar a un grupo de esclavos. Tras aquel pavoroso alarido, Spark me hizo seña de que callara. Stout corrió a la bodega de donde procedió el grito. Desapareció de mi vista. Apenas transcurrido un minuto una negra fue lanzada a la cubierta como si fuese una muñeca de trapo.

—¡Por la borda! —dijo el capitán.

Spark y Stout alzaron a la mujer, que estaba con vida, la llevaron hasta la amurada y balancearon su cuerpo. No oímos el chapoteo que tuvo que producir al llegar al agua porque, impulsados por una fuerte brisa, navegábamos a buena marcha.

—Tenía fiebres —me dijo Stout al pasar—. Estaba muriéndose y habría contagiado al resto.

No trataba de excusarse. No, era su superchería habitual. Sabía que yo pensaba que lo que había hecho era algo malvado, pero le agradaba suponer que en el fondo tenía otra opinión de él, que en realidad le admiraba. Era una mente retorcida la suya.

Todos los esclavos observaban el lugar desde donde habían lanzado a la mujer por la borda. Enfermos y encorvados, ya medio muertos de hambre y sucios de su encierro en unas bodegas que rara vez se limpiaban, contemplaban sin esperanza el vacío horizonte.

Hallé en mi espíritu algo horrible.

¡Odiaba a los esclavos! ¡Odiaba su aliento, sus gritos, sus mismos sufrimientos! Odiaba el modo en que escupían sobre cubierta, los cubos rebosantes que para vaciarlos requerían de todas mis fuerzas. Odiaba el terrible hedor que llegaba de las bodegas, viniera de donde viniese el viento, como si la misma nave estuviera empapada de excrementos humanos. ¡Habría arrebatado a Spark su cabo para azotarles! ¡Oh Dios! ¡Deseaba que todos muriesen! ¡No volver a oírles! ¡No olerles! ¡No saber de su existencia!.

Dejé caer mi pífano sobre cubierta y corrí a mi hamaca. Allí me quedaría hasta que me llevasen por la fuerza.

Que desde luego sería muy pronto.

Enviaron a Setha Smith para hacerme volver.

—¡Bájate de ahí!

—¡Málditos seáis todos! —dije a guisa de réplica.

—Si tengo que llevarte, será peor para tí.

Me aferré a los bordes de mi hamaca. Le dió la vuelta con un solo movimiento de su mano, luego me cogió por la cintura y me llevó a cubierta.

Para entonces habían devuelto a los esclavos a la bodega. El capitán Cawthorne tenía mi pífano en sus manos. Junto a él se hallaba Ben Stout. El pífano reflejaba los rayos del sol

—No toleraré eso —declaró el capitán.

Recordé las palabras sin sentido que una vez canturreó Purvis en la bodega. No vi a Purvis por parte alguna. Ned se inclinaba sobre su banco. Su torno sujetaba una cadena. Advertí entonces que era extremadamente delgado y que parecía enfermo.

—No eres tan pequeño para ignorar lo que es una orden —dijo el capitán al tiempo que presionaba con el pífano contra mi pecho como si tratase de descubrir lo que ocultaba bajo la camisa.

—Vete a la amurada.

Obedecí. El mar estaba aquel día azul.

—Cinco —dijo el capitán.

Cinco veces azotó Stout mi espalda con el látigo. Me hallaba resuelto a no gritar. Mas grité. Dolía más de lo que pudiese haber imaginado. Pero no me avergoncé de mis gritos porque, cada vez que cayó el látigo, pensé en los esclavos, en el odio violento que había sentido hacia ellos que me asustó hasta el punto de desafiar al capitán y a la tripulación. Mis ojos se llenaron de lágrimas. Percibía en mi boca el sabor de la sal. Sin embargo, cuando sufrí los golpes, volví a sentirme yo mismo de nuevo. Mi personalidad había experimentado tales transformaciones que ya no me sentía familiarizado con mi propio yo. Pero había algo claro. Era un varón de trece años, no muy alto aunque quizás un tanto más corpulento de lo habitual en alguien de mi edad. Ahora me hallaba encogido en la oscuridad de la entrecubierta a menos de una docena de metros de donde había sido azotado.

Seth Smith no me miró cuando me devolvió a mi hamaca. A través de la rojiza neblina que entonces enturbiaba mi vista observé en su rostro una estúpida resolución que había advertido en los rostros de los borrachos, dispuestos a pelear con cualquier pretexto.

Ned acudió más tarde a cuidar de mi espalda y también apareció Purvis. Se rascaba, resoplaba y hacía todos los esfuerzos imaginables para simular que se comportaba con desahogo.

—No le des importancia, Jessie —aseguró—. No existe marinero que no haya conocido el látigo.

—Deja de decir tonterías —protestó Ned—. No conviertas en un honor el ser azotado. Todo es obra de la codicia y de sus venenosas justificaciones.

Discutieron interminablemente pero hablaban en voz baja, quizá para evitarme más molestias. No les presté atención porque mis emociones cambiaban de un segundo a otro y nada me interesó cuando mi rabia contra Ben Stout dio paso a la desesperanza al pensar en las semanas que tenía por delante. A su vez, la desesperanza fue vencida por el intenso dolor que, partiendo de mi espalda, alcanzaba incluso a los dedos de los pies.

Me dejaron solo por fin, mas no antes de que Purvis me hubiese ofrecido cerveza, diciéndome que me curaría enteramente, lo que no fue el caso. Únicamente entonces se aquietó mi mente. Creo que tuvo que calmarse porque experimenté una extraordinaria y triste serenidad, la misma paz melancólica y huera que ofrece el mar algunas mañanas frescas cuando sabes que tendría igual aspecto aunque no estuvieses allí para verlo.

Sabía que Stout se presentaría para darme alguna explicación. Así que no me sentí sorprendido cuando llegó.

—Te azoté sin fuerza, Jessie. Lo sabes ¿verdad? Podría haber sido mucho peor. Bien... advierto que estás irritado conmigo.. me sucedería lo mismo en tu caso...

—No quiero oírle hablar —dije con tanta frialdad como me fue posible—. Ni ahora ni nunca.

—Yo no sería tan impertinente en tu lugar, muchacho —comentó quedamente—. Disfruto del favor del capitán, y no hay nadie a bordo que pueda decir otro tanto!

—¿Quién, que no fuese usted, se *jactaría* de eso?

No podía hacerme nada peor de lo que ya me había hecho y en aquel instante poco me hubiera importado que me lanzase al mar.

Suspiró y meneó la cabeza. Luego sonrió, contemplando su propia mano como si sólo ésta y su mente pudieran comprender mi torpeza.

Mis heridas curaron. Pero la nave y sus tripulantes, entre quienes una vez imaginé que había arraigado, conociendo a cada hombre como se llega a conocer una nueva lengua, y llegando incluso a ser diestro en algunas pequeñas faenas marineras, se me habían tornado tan incomprensibles como las tierras que se extendían bajo el océano. Me torné cauteloso. Observé a los marineros con tan escasa piedad como ellos observaban a los negros. Por lo que a éstos se refiere, me estremecía ante la indignidad de la suerte que les había llevado hasta nuestras bodegas aunque, como sabía muy bien, esa suerte vestía a menudo pantalones y a veces mascaba tabaco y llevaba una pistola.

Excepto por lo que atañía a Ned, que tenía en escasa estima a todos los hombres de este mundo, advertí que los demás consideraban a los esclavos como menos que animales, aunque valiesen mucho más en oro. Pero —menos Stout, Spark y el capitán—, los hombres no se mostraban especialmente crueles salvo en su convicción, compartida e inconmovible, de que el peor de ellos era mejor que cualquier negro. Gardere, Purvis y Cooley jugaban incluso con los niños pequeños, dejando que les persiguieran, si el capitán y Stout no los veían; les daban un poco de agua de sus menguadas raciones y, para entretenerles, les hacían toscos juguetes de madera.

Respecto a Spark, llegué a la conclusión de que era enteramente estúpido y malvado sólo del modo en que son venenosas ciertas plantas. El capitán era peligroso; sus odiosas acciones se hallaban impulsadas por la pasión de lo que él llamaba «negocio». Pero Stout no se asemejaba a nadie. Nada le avergonzaría ni le pondría fuera de sí. No me era posible dejar de observarle, aunque su propia visión me irritase. Intentaba concebir planes que le desenmascarasen.

Para dar rienda suelta a mis sentimientos, hablé del asunto a Purvis.

Por una vez me escuchó en silencio y luego repuso:

—Supongo que tienes razón, Jessie. Es malo. ¿No sabías que estuvo atormentando a la mujer que lanzamos por la borda? ¿Sabías que fué él quien volvió loca a la pobre criatura?

Me asombró oirle emplear la palabra *pobre* y enturbió el sentido de lo que me decía.

Al advertir por mi expresión que me había soprendido, aunque sin saber la causa, exclamó con impaciencia:

—¡La negra, la negra!

—¿Pero qué le hizo?

—Yo no lo ví pero Isaac me dijo que la había tenido en cubierta durante su guardia. Le hablaba en su lengua y ella lloraba y gemía; luego Stout la abofeteó y siguió hablando hasta que cayó en cubierta, presa de convulsiones. ¡Dios sabe qué historias le contaría! Para los negros es una verdadera maldición que él sepa su lengua. Puedes estar seguro de que embrolla sus mentes con sus cuentos.

—¿Mas por qué no intervino el capitán?

—¡El capitán. Nada le importa lo que les hagan mientras respiren. Y nada sabe acerca de Stout y la negra! ¡Creo que los disecaría si así pudiera venderlos! Y cuando pierde unos cuantos, aún le queda el seguro. Siempre puede decir que echó por la borda a los enfermos para salvar a los sanos. ¡Y cobrará! Siempre lo consigue. Y si *todos* se hallan enfermos cuando lleguemos a donde tenemos que ir, hay muchos trucos para ocultar su condición. Además, los plantadores comprarán a cualquiera porque, aunque se les caigan muertos en los campos, hay una provisión inagotable.

Nos topamos con una racha de mal tiempo. Días había de vientos caprichosos y otros en que no soplaba ninguno, cuando el mar se extendía en torno a nosotros como una fuente de latón. Las peleas entre los tripulantes eran más ruidosas que las de los esclavos. Nuestras raciones habían quedado reducidas al mínimo. La nave rebosaba de ruidos como los que hacen los cuervos forcejeando por un espacio libre en un árbol. Entre la humedad y el viento de las turbonadas y el calor y la neblina de los días sin viento no había momento de placidez.

Mi estómago se rebelaba. Me sentía enfermo constantemente. Casi incapaz de mantenerme en pie, hacía bailar a los esclavos, viendo cómo los tobillos de los hombres eran mordisqueados por sus grilletes como si aquellos objetos de metal fuesen seres vivos y malignos. Apenas podían moverse al ritmo de mis melodías. Con frecuencia sólo Stout y yo presenciábamos por la mañana la hosca ceremonia. Yo odiaba lo que hacía. Traté de consolarme con el pensamiento de que al menos eso les proporcionaba un motivo para estar fuera de las bodegas ¿Pero qué importaba una cosa u otra?

Hacía ya largo tiempo que *The Moonlight* había perdido su bruñida apariencia. La cubierta estaba sucia, el barco hedía horriblemente. Los hombres, vestidos con lo que tenían más a mano, comenzaron de nuevo a beber y las borracheras dieron rienda suelta a su ira y su aturdimiento.

Recuerdo que cierta vez uno de los marineros me dijo que uno podía acostumbrarse a cualquier cosa. Era en alguna medida verdad; si estás en un barco no tienes otro escape salvo el de ahogarte. Pero hallé en mi mente una especie de libertad. Descubrí cómo estar en otro lugar. Simplemente, lo imaginaba. Recordaba cada objeto de nuestra habitación del callejón del Pirata. Cada día me aportaba la memoria algo, hasta que creí poder contar las tablas del piso, trazar en el aire las grietas de los muros, enumerar los ovillos del cesto de la ventana. Luego salía afuera y contemplaba las casas de enfrente, los guijarros de la calle, los rostros de los vecinos.

Así ocupado, y libre del barco, ardía de rabia si alguien me hablaba. Ya no podía confiar en mi lengua pero, aunque le temiera, insultaba mentalmente al propio Cawthorne.

Luego, una mañana, advertí entre la bruma de mis recuerdos la atención que me prestaba el muchacho negro. Consciente de su mirada, traté de desviarme de su alcance. A la siguiente vez se me antojó que alzaba sus pies, tratando de acercarse a mí. Vi que la atención de Stout se concentraba en Ned, que estaba medio tendido a través de su banco. No sé qué fue lo que me impulsó, mas aparté el pífano de mis labios y murmuré mi nombre al muchacho. Sólo eso:

—¡Jessie!

Y, al murmurarlo, me señalé. Comencé a tocar al instante. Esa mañana los ojos del muchacho no me abandonaron un instante.

Había jornadas en que uno hubiera podido pensar que todo era pacífico, cuando el viento soplaba firme, brillaba el sol en un cielo sin nubes y correteaban los niños pequeños que incluso reían entre ellos, cuando habían sido lavadas las bodegas y los esclavos estaban tranquilamente sentados bajo la lona mientras los marineros contemplaban pensativos la ondulada superficie del mar. Eran instantes mágicos y por una o dos horas olvidaba el calor, los hedores y la pena y no tenía motivo para refugiarme en las imágenes de mi hogar. Nunca duraban largo tiempo y constituían en sí mismas algo semejante a un sueño.

Antes de que enderezásemos el rumbo a Cabo Verde ocurrieron varios hechos que afectaron al resto de nuestro viaje. El primero fue la muerte de Louis Gardere en una de esas mañanas de calma chicha que sumían a todos en la desesperación.

Había estado al timón con el capitán a su lado. De súbito el rostro de Gardere pareció salirse de sus huesos; uno de sus hombros se encogió y se volvió como si ya no fuese parte de él. Luego se desplomó en la cubierta entre contracciones. Ned, ya claramente enfermo también, examinó a Gardere. Murió una hora después, aferrando su pecho con sus fuertes manos y murmurando palabras para nosotros ininteligibles.

Purvis habló de aquello toda la noche, repasando cada uno de los momentos; dijo a Ned que no podía haberse tratado de un ataque al corazón sino que indudablemente Gardere había contraído alguna fiebre de los negros.

Como para confirmar las palabras de Purvis, aquella noche murieron seis negros. Ned, sostenido por Sharkey y por Isaac Porter, reconoció los cadáveres.

—Fiebre —declaró a través de sus labios pálidos y secos y perdió al punto el conocimiento.

Le llevaron a la entrecubierta, donde al cabo de unos minutos recobró el sentido. Nos observó sin pestañear. Sentí el temor de los hombres y mi propio miedo. Era como el olor de la nave; penetraba en cada grieta y en cada resquicio de mi mente.

La tripulación se rehizo. La nave logró una buena andadura durante varios días y los hombres se mostraron más animosos. Pero Ned se tornó más delgado, como si su propia sustancia se filtrase a través de su hamaca. De vez en cuando bebía un trago de agua o retenía en su boca un pedazo de galleta mojado en vino.

—¿Qué es lo que tiene, Ned? —le pregunté.

—Un toque de muerte —murmuró.

Derramé la taza que llevaba a sus labios. A su boca asomó una tenue sonrisa.

—¿Oíste hablar del precio del pecado? —preguntó con voz temblorosa

—¿Creíste que se trataba de oro?

El día en que pusimos rumbo al Noroeste, Nicholas Spark perdió todo el juicio que pudiera haber tenido.

Aquella mañana se dejó llevar de su salvajismo y pisoteó con sus botas los pies de un negro que había escupido en su comida. Antes de que mis ojos comprendieran lo que estaba ocurriendo, ese hombre saltó hacia el segundo de a bordo y aferró su cuello de modo tal que Spark no pudo echar mano de su pistola. De no haber sido por la intervención de Stout, Spark habría sido estrangulado.

El negro fue azotado hasta que quedó inconsciente. Al primer latigazo me refugié en la cocina y encontré a Curry extrayendo gusanos de una reseca pieza de vaca. En la grasienta oscuridad me estremecí mientras sus dedos de loro rebuscaban y aplastaban aquellas horribles cosas blancuzcas. Cuando ya no fui capaz de soportar la cacería de Curry, volví a cubierta. Vi al hombre azotado que colgaba de las cuerdas con las que había sido atado al mástil. La sangre fluía de su espalda en oscuros chorros. Stout, látigo en mano, hablaba con el capitán y Purvis se hallaba al timón.

Me había puesto en camino hacia la entrecubierta cuando distinguí a Spark, que se tambaleaba en popa, empuñando su pistola. Disparó al negro, cuya espalda estalló en fragmentos de carne. Cawthorne giró sobre sí mismo para enfrentarse con el segundo de a bordo. Su cara estaba roja de furia.

Ignoro si Spark aún se hallaba ofuscado tras haber escapado por poco al estrangulamiento o si en realidad había pretendido disparar contra el capitán. Pero éste no titubeó.

Casi en el mismo tiempo en que se tarda en decirlo, Nicholas Spark fue atado con una cuerda, empujado a la amurada y lanzado desde allí. Juro que antes de desaparecer bajo el agua dio tres pasos sobre el mar.

Corrí a ocultarme bajo la hamaca de Ned. Escuché en silencio su fatigosa respiración.

Finalmente, le hablé.

—Ned —murmuré— el capitán ha lanzado por la borda al segundo.

—No me sorprende —repuso.

Luego llegó Purvis y contó a Ned lo sucedido. Nada dijo éste pero yo afirmé que jamás había visto a un hombre tan furioso con otro como se mostró el capitán con Spark.

—¡Pues claro! —exclamó Purvis— ¿Cómo se le ocurrió disparar contra ese negro?

—Pensé que fue por haber apuntado con su pistola a Cawthorne —dije.

—Ni mucho menos, chico —respondió Purvis—. El viejo Cawthorne ha conocido otros motines ¡Jamás se inmutó! Pero Cawthorne sabía que el negro se recobraría, que sobreviviría a unos latigazos que hubiesen podido matar cien veces a un blanco... y Spark le mató. ¿No lo comprendes? *¡Le privó de sus ganancias!*.

Percibí un extraño sonido en aquella covacha del barco, un sonido como el crujido de hojas secas. Era Ned que reía.

El español

—¿Has visto alguna vez, Jessie, una pelea de gallos? Jamás imaginarías la vitalidad de uno de esos bichos hasta ver a uno dispuesto a matar. ¡Se mueve tan deprisa que sólo puedes saber en donde atacó con su pico cuando brota la sangre! ¡Es la cosa más bonita del mundo! Me gustaría tener algún día mis propios gallos de pelea. He concebido incluso un proyecto. En una gallera siempre hay alguien que no puede ver la pelea por culpa de las cabezas de los demás, pero fíjate lo que se me ha ocurrido...

—¡Cooley, ya está bien con tus gallos! —le interrumpió Sam Wick —Sólo unos salvajes pueden complacerse en semejante espectáculo. En Massachusetts lo declaramos ilegal. Y además no tendrás una gallera en tu vida. Podrás considerarte afortunado si posees un sombrero para protegerte de la lluvia.

—En Massachusetts declaran ilegal todo —replicó Cooley sin mucho entusiasmo.

Los dos marineros callaron. Ambos contemplaban el horizonte que parecía alzarse y hundirse con el cabeceo del buque. Observé sus ojos, tan grandes y tan vacíos como el propio mar en aquel momento, cuando se borran los últimos colores del crepúsculo y comienza la oscuridad. Aquella mañana habían sido testigos, si puede llamarse así, del lanzamiento por la borda del cadáver de Ned Grime. Y más tarde, cuando se vaciaron las bodegas, del hallazgo de ocho cadáveres de negros, cinco hombres, una mujer y un niño, que siguieron a Ned a las olas. Ya no había nadie que les dijese ahora de qué se morían.

Ese Sam Wick de Massachussetts, el país natal de mi madre, retuvo mi atención tan sólo un segundo. Al fin y al cabo todos procedían de algún lugar. Para mí tanto daba. No me importaba que fuese en Nueva York, en Rhode Island o en Georgia en donde los tripulantes tuviesen esposas, hijos o padres, o hermanos y hermanas. Todos nos hallábamos encerrados en *The Moonlight* como la propia nave se hallaba encerrada en el mar. Sin remedio.

Los esclavos estaban más cerca de la muerte que los tripulantes, aunque lo que comiesen no fuera peor que nuestras raciones; y ninguno de nosotros, salvo el capitán y Stout, —que había asumido ahora las funciones del segundo— se veía libre de la sed, excepto cuando llovía. Pero podíamos vagar por cubierta. Me pregunté si, en aquellas circunstancias no sería esa, la diferencia entre la vida y la muerte. Y aunque Ben Stout podía acrecer nuestras miserias con sus turbias órdenes, y no se privaba, siempre había un límite. Existían tribunales ante los que el capitán hubiera tenido que responder de una crueldad indebida con su tripulación... si un marinero tenía la paciencia de recurrir. Si alguno de nosotros veía de nuevo la costa...

Nuestra navegación con rumbo Noroeste fue invariable excepto durante un violento chubasco. Aunque ya estábamos fuera de la zona de las calmas chichas, Purvis nunca dejaba de maravillarse de nuestra suerte por no habernos quedado detenidos durante semanas. Su voz era febril; sus ojos se hinchaban cuando trataba de convencerme, o quizás de convencerse, de que sólo restaba una feliz navegación, un breve espacio de tiempo hasta que cobrase su salario y su participación en los beneficios que reportara la venta de los esclavos.

—Jamás volveré a navegar en un buque negrero —decía una y otra vez —¡Nunca, Jessie! Ya verás si cumplo mi palabra.

Yo hacía a los esclavos bajo la mirada vigilante de Stout. Siempre hallaba tiempo para observarme en mi tarea. Me sentía resuelto a no revelar emoción alguna ante él. Miraba sin ver hacia la arboladura como si me hallase a solas con mis pensamientos. Pero en realidad me advertía tan agitado que apenas podía mover mis dedos sobre el pífano. Pese a mis propósitos, no podía dejar de reparar en aquel lastimoso grupo de hombres y mujeres cuyos hombros fatigados se hundían y se alzaban, imitando los movimientos de una danza. Todos estaban enfermos. Podía contar las costillas del muchacho al que una vez murmuré mi nombre.

Hacía ya tiempo que los niños pequeños habían dejado de jugar en cubierta. Juzgué que se encontraban demasiado débiles para arrastrarse o corretear. Dios sabe cómo dormían los esclavos. Me pregunté si, como yo, se apresuraban a dormirse porque sólo así pasaban las horas sin sentirlas.

Cierta noche en que Sharkey provocó una conmoción en la entrecubierta por obra de los retortijones que sufría, fui a cubierta y eché un vistazo a la bodega de proa. Pensé que todos habían muerto.No oí sonido alguno. *The Moonlight* navegaba bañado en esa luz de la luna que le había dado su nombre. Sam Wick, de guardia, pasó junto a mí sin proferir una sola palabra. En el camarote del capitán brillaba una luz amarillenta. Supuse que Stout y él se hallaban allí, bebiendo brandy y comiendo algo sabroso. Sobre las oscuras aguas cabrilleaba la luna. Me pareció comprender entonces el significado de la expresión «perdido en el mar».

Hasta aquel instante había corrido, adelantándome a la nave, hacia la puerta de nuestra habitación, hacia los gritos de bienvenida de mi madre y de Betty, dejando tras de mí todo aquello como si fuese tan insustancial como la propia luz de la luna. Pero ahora ya no experimentaba tal certidumbre. Una gran timidez se adueñó de mis pensamientos. Nada había seguro en la Tierra excepto la salida y la puesta del sol. ¿Y quien podía decir lo que estaba haciendo el sol cuando el firmamento se cubría de negras nubes de tormenta y no existía frontera entre la tierra y el cielo?

¿Tenían los negros alguna idea de lo que les aguardaba? Si la nave llegaba a aguas cubanas, si no éramos abordados por los piratas franceses de la Martinica, si escapábamos a la patrulla británica y a los buques de Estados Unidos, si sobrevivían a la fiebre, al flujo, a la inanición y a la sed...

—Aléjate de las bodegas, chico —era la voz venenosamente dulce de Ben Stout—.Les inquieta ser observados. Puedes comprender eso, ¿verdad?

¡Como si le importase su inquietud! Me dirigí a la entrecubierta, confiando en que para entonces Sharkey se hubiese calmado, en que Purvis hubiera hallado en el viejo botiquín de Ned algo que le aliviase. Pero no fui muy lejos.

—¡Aguarda! —dijo Stout con acento perentorio.

Me detuve, dándole la espalda.

—Quiero tener unas palabras contigo —añadió, ya zalamero.

Me volví lentamente.

—Me preocupa la tripulación —declaró—. Quiero que se hallen de buen talante. Ya estamos bien fuera del Golfo de Guinea. No pasará mucho tiempo hasta alcanzar los alisios. Hay razones para alegrarse.

—No para algunos de nosotros —repliqué.

—Siempre se producen bajas —afirmó Stout—Cualquier oficial responsable cuenta con eso. Pero tú saldrás bien librado, Jessie. Eres joven y fuerte.

—También lo era Gardere. También lo fueron todos los negros que murieron.

—¡Gardere! —exclamó, lanzando una risotada —Gardere se había destrozado con el ron antes de que tú nacieras. Por lo que se refiere a los negros, chico, si lo piensas, se encuentran en realidad mejor ahogados. Ya no tienen nada de que inquietarse. Puedes verlo de esa manera

Me volví lentamente.

—Lo veré como me plazca.

—Me agrada tu sinceridad —declaró quedamente —. En todo el barco no hay nadie más que tú en quien pueda confiar. Por eso te pregunté acerca del talante de la tripulación.

Pero no me había preguntado.

—¿Quiere que espíe para usted? —inquirí

Ben Stout alzó los ojos al cielo en gesto de clemencia. ¿Qué tramaba? ¿Deseaba descubrir lo que Curry mezclaba con la col para lograr que supiese como hierbas de ciénagas? ¿Le gustaría conocer las ambiciones de Cooley acerca de las peleas de gallos? ¿O que Isaac Porter se mordía las uñas como un hombre que toca una armónica? ¿O que Purvis roncaba y mascullaba en sueños? ¿O querría saber lo que yo pensaba de él? ¿Había de espiarme a mí mismo?

—Veamos tú —dijo—¿Cómo estás de ánimos?

—No puedo responder a eso.

—¡Pero tienes que saber cómo te sientes! —afirmó con un cierto calor en la voz.

Me sorprendió.

—Me siento de un modo o de otro, pero jamás como me sentía cuando vivía en mi casa de Nueva Orleans.

—Quiero una respuesta llana.

—*¡Odio este barco!*—repliqué con toda la fuerza que pude reunir, con el escaso valor que poseía frente a la amenaza de Stout.

—¡Ah! —suspiró.

Un segundo más tarde vi relucir sus dientes.

—Eso debe significar que también me odias.

—No he dicho eso.

—El odio envenena el alma —comentó— Es una enfermedad incurable.

—Me gustaría ir abajo.

—He sido tan bueno contigo —prosiguió—. No comprendo tu ingratitud. Todos te habrán hablado mal de mí. Supongo que eso lo explica.

No quise decirle más. Permaneció en silencio, observándome. Me sentí incómodo. Algo se debilitaba en mí. Su inmovilidad, su silencio, eran como un enorme peso contra mí. Dí un paso para alejarme. Me tendió una mano. Recordé la esclava a la que atormentó y me precipité por la escala abajo. Sharkey, encogido, se frotaba el vientre. Purvis me lanzó una mirada.

—¡Estás tan blanco como la sal, Jessie! ¿Qué te ha pasado?

—¡Desearía que Stout estuviese muerto! —grité.

—Pero si está muerto —replicó Purvis —¡Lleva años muerto! ¡Existe uno como él en cada barco que navega! Hay alguien que hace muñequitos con su figura, los rocía de pólvora y luego se desliza por los muelles hasta esconder un muñeco en cada nave. Cuando el barco está ya mar afuera, el muñeco crece y crece hasta asemejarse a un marinero y entonces ocupa su puesto en la tripulación sin que nadie se dé cuenta hasta que transcurren dos semanas en el mar. Entonces un marinero dice a otro: «¡No está muerto ése del timón?». Y el otro responde: «Justo lo que pensaba... llevamos un muerto en este buque...»

Sharkey soltó una seca risa perruna y entonces Purvis sonrió de oreja a oreja.

Siempre que avistaba una vela en el horizonte, lo que no sucedía muy a menudo, imaginaba que se trataba de un buque británico, sin temor al Gobierno de Estados Unidos, listo para abordarnos. Liberaría a los esclavos y nos llevaría a los demás a Inglaterra, donde Stout sería ahorcado. Purvis y yo zarparíamos a Boston a bordo de una nave veloz. Desde allí emprendería el viaje a casa y un día, en la frescura de la mañana, abriría la puerta y penetraría, mi madre alzaría los ojos de su labor y...

Pero no éramos perseguidos y, de haberlo sido, resultaba improbable que *The Moonlight*, con todo su velamen desplegado, fuese capturado. Sólo podrían abordarnos piratas franceses sin miedo a bandera alguna, dispuestos a abatirse sobre un barquito sucio y hediondo con un cargamento de negros medio muertos y un puñado de marineros enfermos, tan duros, secos y mohosos como las galletas que mordisqueaban.

Cuando una mañana no pude hallar mi pífano, pensé que Cooley o Wick, ansiosos de distracciones, me lo habían escondido. Juraron que no lo habían tocado. Nadie más podría haber sido, declaró Purvis, porque él hubiese oído al que fuera deslizarse hasta mi hamaca, donde siempre lo guardaba. Pero Purvis había estado de guardia la noche anterior.

Busqué frenéticamente por toda la nave. Porter vino a mí y me dijo que me requerían en cubierta. Allí encontré a Stout, aguardándome en popa y al capitán que, a escasa distancia, observaba el horizonte con su catalejo. Stout y yo no habíamos cruzado una palabra desde la noche en que escapé de él.

—Vamos a mover a los negros, Jessie —dijo— ¿En dónde tienes tu instrumento?

En cuanto habló, supe que había sido Stout quien me robó el pífano.

Me sentí anodadado de miedo: corría por mí como el calor de un incendio.

—No ha traído su pífano, capitán —dijo Stout muy serio.

Cawthorne se volvió para mirarme.

—¿Qué es lo que pasa? —preguntó con impaciencia.

—Digo que el chico se niega a tocar...

—¡No! —grité a Cawthorne —¡Lo tenía anoche en mi hamaca! ¡Me lo han *quitado!*

—¿Quitado? —repitió el capitán y añadió desdeñoso —¿Por qué me importunas con tales tonterías, Stout? ¿Y qué es lo que chilla ese chico? ¡Ocúpate de eso ahora mismo!

Y, tras volverse, tornó a mirar por su catalejo.

—Vamos —dijo Stout—Lo buscaremos juntos.

Reparé en Purvis, que nos observaba desde el otro lado de la cubierta. Había estado mezclando vinagre y agua de mar que era con lo que a veces limpiábamos las bodegas. Pero dejó su trabajo para no perderme de vista. Sin mirar siquiera en aquella dirección, Stout gritó:

—¡Sigue con tu faena, Purvis!

—Ya he buscado por todas partes —masculé sin esperanza.

—No puedo oírte, chico —dijo Stout.

—¡Que ya he mirado por todas partes! —voceé.

—Bueno... creo que estará en una de las bodegas. Sí, eso es lo que me parece. Alguien lo cogería y lo echaría a los negros para que pudiesen tocar sus propias canciones.

Mientras hablaba sus gruesos dedos rodeaban mi cuello. Me empujó hacia la bodega de proa.

—Baja y búscalo —añadió suavemente—. Ahí lo encontrarás. A

Purvis le gustan tales bromas, ya sabes. Parece muy de Purvis, ¿no te parece? eso de echarlo allí. ¡Dí que estás de acuerdo conmigo!

Me dio un fuerte empujón y caí sobre la cubierta.

—¡Aprisa, Jessie! ¡Ya está bien eso de haraganear de tal modo!

Me aferré a la brazola de la escotilla. Stout se agachó y me obligó a soltarla.

—Simplemente déjate caer—murmuró. No te harán nada, chico.

Me obligó a alzarme y me empujó con tal fuerza que no pude por menos de mirar hacia abajo. La luz del sol caía sobre los miembros retorcidos de los esclavos. No veía nada más que carne.

—¡Rápido! —ordenó Stout.

De repente advertí que Purvis se hallaba a su lado.

—Yo lo buscaré —afirmó.

—No, tú no lo harás, Purvis. El tiene que asumir sus responsabilidades. ¿Y qué haces aquí, descuidando las tuyas y escuchando lo que no te importa?

La esperanza de que Purvis me salvase había distraído mi atención. Entonces Stout me levantó en el aire del modo en que una garza alza un pez, y me suspendió sobre la bodega.

—¡Oh, Señor! ¡No me deje caer! —chillé.

—Bajarás como deseo. Y buscarás hasta que encuentres tu pífano. Después de eso podremos seguir con nuestra tarea.

Mientras hablaba me devolvió lentamente a cubierta. Percibí un rostro negro vuelto hacia la luz. El hombre parpadeó pero en su cara no se reflejaba la sopresa. Sólo había mirado para ver qué le caería encima. Descendí por la cuerda, sabiendo que mis botas tropezarían con cuerpos vivos. No existía un mínimo espacio libre que permitiera moverse.

Me hundí entre ellos como si hubiese sido lanzado al mar. Oí gemidos, el tintineo de los grilletes, el húmedo deslizamiento de brazos y piernas sudorosos mientras los esclavos trataban desesperadamente de achicarse aún más. No supe que mis ojos estaban cerrados hasta que unos dedos rozaron mis mejillas. Vi el rostro de un hombre a muy corta distancia del mío. Percibí cada una de sus arrugas, de sus surcos, una pequeña cicatriz cerca de una ceja, los párpados inflamados. Trataba de forzar a sus rodillas a acercarse aún más contra su mentón, a contraerse como una pelota en lo alto del barril sobre el que vivía. Vi el color ceniciento de sus rodillas, cómo las hinchadas pantorrillas se estrechaban hasta no ser más que el puro hueso allí donde los grilletes habían hecho presa en los tobillos, donde el metal había abierto rastros sangrientos en la carne.

En torno mío los cuerpo exhaustos cambiaban de postura. Yo era como una piedra lanzada al agua, creando ondas que llegaban hasta los límites de aquel espacio en donde se hallaban cerca de cuarenta personas.

De repente me sentí caer y oí el choque de dos barriles sobre los que de algún modo había descendido. Ahora me hallaba atrapado entre los dos y mi barbilla presionaba contra mi pecho. Apenas podía respirar y lo que respiraba era horrible, como una sustancia sólida, como sebo, que no liberaba mis pulmones sino que los sofocaba con el sabor de una rancia podredumbre. Traté de echar hacia atrás la cabeza y distinguí turbiamente la cara de Stout al resplandor del sol allá arriba. Haciendo el que creí el último esfuerzo de mi vida, levanté la parte superior de mi cuerpo, pero mis piernas no tenían en donde apoyarse. Me hundí. Comencé a ahogarme.

Entonces me tomaron unos brazos que me alzaron hasta dejarme sentado sobre un barril. No pude decir quién me había ayudado. Era demasiado espesa la maraña de los cuerpos, muchas las caras en las que ni siquiera se advertía un reconocimiento de mi presencia. Atisbé en la oscuridad.

—¡Lo encontrarás, muchacho!—Era la voz de Stout que descendía hasta allí.

Me senté y me quedé inmóvil. Buscar en la bodega significaba que tendría que avanzar sobre los negros. Mis ojos estaban acostumbrándose a los rincones en penumbra a donde no llegaba la luz de arriba. Pero mi cerebro dormía, mi voluntad se extinguía. Nada podía hacer. Sentí el apremio de las naúseas. me llevé la mano a la boca como si tratase de mantener dentro lo que tan violentamente pugnaba por salir. Entonces, a través de mis lágrimas distinguí una figura que surgía de la confusión. Se hundió y volvió a alzarse. En su mano sostenía mi pífano. Otra mano lo tomó, luego otra, hasta que una tercera lo pasó al hombre del barril quien consiguió con su única mano libre recoger el pífano y dejarlo caer a mi lado. Alguien gimió; alguien suspiró. Alcé los ojos hacia Stout.

—Estaba seguro de que lo encontrarías, Jessie —, dijo.

Me puse de pie en el barril y lancé el pífano. Stout se inclinó, me tomó por los hombros y tiró de mí hasta dejarme sobre cubierta.

—Ahora que has encontrado tu instrumento, los haremos bailar —declaró—. Tienen que tener su ejercicio.

Toqué ante los esclavos, consciente de que las notas quebradas y chillonas que salían de mi pífano tenían tan poco de música como de baile los movimientos que describían los esclavos.

Más tarde, demasiado débil y desesperado para alzarme hasta mi hamaca, me senté en el cofre de Purvis con la cabeza entre los brazos. Oí a los hombres moverse en derredor pero no levanté los ojos. Cuando alguien me tocó, grité:

—¡Soy yo, Jessie, soy yo! —exclamó Purvis.

Levanté la cabeza.

—Mira hacia aquí —manifestó.

Contemplé extendidos todos los dedos de sus manos. Un hilo se enlazaba en torno de cada dedo para formar una trama en el espacio delimitado por las dos manos. Por un segundo, creo, no supe en donde me hallaba, recordando cómo me mostraba Betty una «cuna» a la luz de una vela. Fui yo quien le enseñó a tomar los hilos de mis manos para formar una «cuna» distinta. Juntos inventamos unas cuantas hasta que fui demasiado mayor para tales juegos. Entonces Betty se sentaba entristecida, lista la «cuna» para su transformación, hasta que mi madre, dejando a un lado con un suspiro su labor, acudía y la volvía de dentro hacia afuera para que Betty sonriese.

—Coge el hilo por el pulgar y el índice de cada mano, ténsalo y vuélvelo —me explicó Purvis, meneando los dedos —. ¡Verás algo sorpendente!

Le miré sin reaccionar.

—¡Jessie! ¡Haz como te digo!

Recogí la «cuna». El se frotó las manos y sonrió. Luego, con cuidado, tomó el hilo y lo devolvió a sus propios dedos.

—Ya veo que sabes hacerlo —dijo—. Otra vez.

Así que estuvimos jugando a la «cuna» hasta que se me fue el hilo de un meñique y se deshizo toda la trama.

—Te he traído té —declaró—. Bébetelo, aunque está frío. Aliviará tu garganta.

Lo bebí.

—Escucha, Jessie. Ya hemos alcanzado los alisios del Nordeste. No tardaremos mucho... tres semanas quizás. ¿Por qué iba a mentirte? Sólo tres semanas.

—Le tengo miedo —repuse, sin hallar consuelo en las palabras de Purvis.

A bordo de *The Moonlight* siempre había que aguardar algo peor. ¿Qué importaba que sólo quedasen tres días? La angustia nada tiene que ver con los relojes.

—No dejaré que te pegue —aseguró Purvis con firmeza.

—Lo que me asusta son las otras cosas que puede hacer —murmuré.

—Sharkey le previno —manifestó en el mismo tono.

Pensé que el hecho de que Purvis hablase en voz baja y mirase inquieto en tono suyo aunque Stout no se hallara cerca era un indicio de su terrible poder, que se hacía patente sólo pensar en él.

—Sharkey le dijo lo que será de él cuando desembarquemos. Le advirtió que si te hace algo malo le perseguiremos hasta donde vaya.

Sentí una honda punzada de temor, aunque no hubiera podido decir si era por Sharkey o por mí mismo.

—Vi como te acobardabas. ¡No debes permitir que se dé cuenta! Goza con el miedo que provoca. ¡No le proporciones ese placer! Sigue con tus faenas. Te doy mi palabra, Jessie, de que volverás a pisar tierra y nadie te impedirá hacer lo que desees. Sube ahora a cubierta. Te vendrá bien un poco de aire fresco.

Se balanceó un tanto con el movimiento de la nave. Advertí cuánto había adelgazado, el modo en que le colgaban deformados los pantalones, como a Ned Grime la manta que solía echarse por los hombros. Su rostro adoptó una expresión desdeñosa mientras liaba el hilo en torno de sus dedos y luego lo sacaba de allí, hecho un ovillito.

—Eres un hombre ordenado —declaré de repente.

—Lo soy —replicó.

Después evocaría a menudo la manera en que había liado Purvis el hilo en torno a su dedo. Aquel recuerdo calmaba mi espíritu y me hacía sonreír. Resultaba cómico, me dije, mostrarse tan cuidadoso con unos cuantos centímetros de hilo en un viaje como éste.

Claudius Sharkey no se recobró del todo de sus dolores. Revelaba la expresión expectante de un hombre preocupado por una enfermedad de la que sospecha que le matará. Aquello significaba más trabajo para el resto de la tripulación. Sharkey titubeaba en la arboladura, maldiciéndose cuando trepaba tan lentamente que atraía sobre sí la atención de Stout. Pero soportaba las pullas y las amenazas con una increíble paciencia.

—¿Siempre es así? —pregunté a Purvis.

—Peor —respuso—Una vez navegué en un barco con 500 esclavos en las bodegas y treinta tripulantes. Al final quedaron con vida 183 esclavos y 11 tripulantes. Por un poco de agua el contramaestre mató al cocinero con su propio trinchante. Los demás murieron de enfermedad. El capitán tomó su Biblia y abandonó esa nave... y el mar. Oí decir que ahora es un predicador ambulante, que va por pueblos y aldeas; sube a un cajón y dice a las gentes que el mundo va a acabar cualquier día. Y si no hay nadie para escucharle, se lo cuenta a los árboles y a las piedras.

Navegábamos con buen viento a lo largo de los días. Recordaba, cual si correspondiesen a otra vida, las primeras semanas que pasé en *The Moonlight,* cómo el sol, las olas y el viento me mantenían durante mis horas de vigilia en una especie de hechizo, cómo había sentido que yo también me lanzaba hacia adelante, experimentando la fuerza de mi propio cuerpo cual si nunca hubiera sabido lo que significaba levantarme por la mañana como la flecha parte de un arco. Pero ya no había nada de aquello. Sólo restaba el trabajo y la sed. En ocasiones me apoyaba contra el banco de Ned y me preguntaba por qué aquel viejo había dejado correr su vida en el mar cuando pudo haber trabajado en tierra y ganado lo suficiente para contar con una casita, con una iglesia cercana a la que fuese en busca de consuelo. Tenía que haber existido una cierta locura en él, que le empujó a tales riesgos en aras de un lucro que la muerte se llevaría de cualquier modo.

Una tarde, desde el banco, percibí una extraña agitación en un mar por otra parte tranquilo. Corrí a la amurada y vi, girando lentamente sobre sus lomos, centenares de enormes y blancos peces con bocas semicirculares por las que asomaban dientes horribles.

—Tiburones —dijo Cooley—. Nos siguen como moscas.

Y a la mañana siguiente, cuando asomé por cubierta, descubrí que la nave, arriadas las velas, se mecía en un mar ligeramente ondulado. A estribor, reluciendo como si cada grano de arena de su playa reflejase el sol, se extendía una isla diminuta. Por encima las gaviotas daban vueltas en torno a los mástiles desnudos, lanzando incesantemente sus gritos de mendicantes. Examiné aquella tierra despoblada, conté seis desmedradas palmeras y calculé con relación a mí la altura de un cantil bajo bordeado de alacraneras.

—Te gustaría ir hasta allá, ¿no es verdad, Jessie? —preguntó Purvis—. No estarías a gusto por mucho tiempo. Allá no hay nada que comer ni que beber. Simplemente es un pedazo de tierra sólo buena para aves y cangrejos.

—¿Tiene un nombre?

—El que prefieras... por todo el mundo hay islotes como éste. A nadie pertenecen. Yo ni siquiera los miro. No es justo que estén tan vacíos.

Por vez primera en muchas semanas me pregunté si en verdad podría volver a mi casa. Luego, mientras me esforzaba por examinar más atentamente la isla, algo surgió volando del mar, un pez con todos los colores del arco iris en sus escamas. Me quedé sorprendido y señalé cuando otro surgió del mar y después otro...

—Peces voladores —explicó Purvis— En estas aguas viven seres muy exraños.

—Mi madre tiene una caja de costura con un pez como ésos tallado en la tapa pero pensé que era un animal imaginario.

—He oído decir que los indios los comen —declaró Purvis—. Yo no comería nada de lo que no estuviese claro si pertenece al agua o al aire.

—No deseo interrumpir vuestro descanso — nos intemrrumpió una voz familiar — pero hay trabajo que hacer.

Ben Stout se hallaba a nuestras espaldas, empuñando una escofina. Purvis le miró como si formase parte de la cubierta. Luego me dijo con acento de seguridad:

—Estaremos en aguas de Cuba dentro de uno o dos días y no mucho después desembarcaremos de nuevo en un lugar donde los hombres son de la misma talla.

Y lanzó una mirada feroz a Stout que le replicó con una sonrisa meditabunda.

—Es una buena observación —respuso Stout—. Y la tendré en cuenta. Mientras tanto, coge esta escofina.

Se la tendió a Purvis quien arrebató la herramienta de su mano y se alejó.

—Ya no volverás a hacer danzar a los esclavos, Jessie. Pero eso no significa que puedas holgazanear.

Hubiera querido gritar ¡*Dilo de una vez!* pero no me atreví, limitándome a apretar los dientes.

—¡Los cubos! —rugió de repente.

Dí un salto.

—¡Los cubos! —repitió— Creí que tenías el corazón tierno con los negros. ¡Fíjate cómo los descuidas, muchacho!

Me agarró del brazo antes de que pudiese alejarme.

—¡Aún no te he dicho de qué bodega se trata! —añadió amablemente—. Tienes muy mal caracter, Jessie.

Me pregunté si me rompería el brazo. De repente me soltó.

—Ve a ayudar a Cooley en la cubierta de proa — dijo sin mirarme.

Cuando llegué a la bodega hallé dos cubos esperándome. Los vacié por la amurada y volví a por más. Caley estaba izando a cubierta un tercer cubo. Rebosaba de ratas muertas. Supuse que los esclavos las habían matado, rompiendo el cuello de cada bicho con sus grilletes. Vacié también el cubo de las ratas.

Más tarde, cuando tuve un momento para mí mismo, torné a observar la isla. Las sombras de las alacraneras se habían prolongado y la arena había perdido su brillo matinal. Fui a donde Purvis estaba arrodillado junto a un negro. Limaba sus grilletes con la escofina que le había dado Stout. Había sangre en la herramienta. Tras aquel hombre aguardaban su turno cerca de una docena.

Hacia media tarde todos los esclavos habían quedado libres de sus grilletes. Se hallaban en cubierta, la mayoría contemplaba la isla a la que apuntaba el bauprés del barco, oscilando como la aguja de una brújula. Reparé en Porter, que limpiaba los grilletes. Sharkey, que estaba a mi lado, meneó la cabeza.

—Cawthorne es un loco por guardar tales cosas —declaró—. Lo sabe muy bien... sabe que un negrero no es sólo un barco que lleve esclavos. Si nos capturasen con los grilletes que tenemos aquí sería como si nos sorprendieran con los esclavos. Sé de capitanes que quemaron su nave una vez que descargaron los esclavos... para asegurarse de no dejar rastro alguno de lo que hacían. Pero Cawthorne es tan codicioso... es como un hombre que se atraganta con un hueso de pollo mientras se apodera de otro.

Miré a los negros que permanecían silenciosos en cubierta.

—Deben de haber muerto unos treinta —dije— quizá más.

—Es un gran día para ellos —dijo Sharkey— ya les hemos quitado sus cadenas.

—Podrían matarnos...

—¡Oh, no! es demasiado tarde. No les habrían soltado si existiera peligro alguno.

—Me pregunto dónde creen que están —murmuré.

—No piensan gran cosa —respondió Sharkey—. ¡Puedes tener la

seguridad de que se contentan con estar vivos! ¿Acaso no nos alegramos también todos nosotros?

Y al tiempo que hacía la pregunta, me dio una palmada en la espalda.

Dejaron abiertas las escotillas. Los esclavos se movían por cubierta tan libremente como les permitía su lastimosa condición física. Pensé que era extraño que no tocasen nada. Los muy jóvenes tenían vientres tan hinchados que, de no reparar en sus ojos hundidos y sus piernas tan delgadas y retorcidas como las de un anciano, uno podría haber creído que habían sido alimentados en exceso. No mostraron extrañeza ante este nuevo giro de los acontecimientos. Ya no podían soprenderse de nada. Cuando hablaban, mantenían juntas sus cabezas y apenas movían los labios. Por la noche bajaban a dormir. Durante el día limpiábamos las bodegas tanto como era posible mientras Stout nos gritaba desde arriba, pretendiendo que no trabajábamos tan de firme como debiéramos.

—Es una auténtica pérdida de tiempo —se quejó Purvis—. Ni siquiera resulta posible librarse del hedor.

Tres días después de abandonar la isla ondeaba en *The Moonlight* la bandera española. Nos otorgaba el derecho, según Purvis, de anclar en aguas de Cuba frente a una plácida costa que no mostraba señales de hallarse poblada.

—Ahora somos un barco español —dijo— y ningun buque de guerra norteamericano se atreverá a registrarnos y correr el riesgo de un conflicto con el Gobierno español.

—¿Y si nos avista un buque de guerra británico?

—Entonces izaremos la bandera norteamericana

El tono de su voz era desenfadado, pero su expresión parecía hosca.

—Así que desde ahora nos hallamos en peligro, ¿eh?

Purvis titubeó un momento y luego declaró:

—Nunca dejamos de estarlo. Pero es peor a la hora de descargar los esclavos.

Comenzamos a esperar… como hubimos de hacer frente a la costa de Africa. Había vigías apostados día y noche. A la segunda vi brillar temblorosa una lucecita en la playa. Por orden del capitán, Sam Wick respondió con una linterna. La luz brilló de nuevo como una estrellita.

A medianoche se nos acercó una lancha. Hacía calor y humedad y había subido a dormir en cubierta, confiando en que Cawthorne y Stout estuvieran suficientemente absortos en la próxima venta de los esclavos para no ocuparse de mí ni del lugar en que hubiera decidido descansar. A la luz de la linterna vi al capitán junto a la amurada, sonriendo a la oscuridad como si tratase de conseguir que la negrura le devolviera la sonrisa. Un minuto más tarde un hombre alto y de oscuros cabellos saltó a cubierta acompañado de un negro que mantenía inclinada su cabeza como si hubiera crecido de ese modo. El individuo alto vestía una camisa tan escarolada que parecía que su mentón emergía de un mar de espuma. El capitán se inclinó ante él como si fuese un prócer. No le devolvió el saludo y se limitó a mirar en torno a él con expresión de repugnancia. Los dos se dirigieron al camarote del capitán ante el cual se quedó el negro de centinela.

—No tiene lengua —declaró Purvis, que había acudido a sentarse a mi lado

Me corrió un estremecimiento por el cuero cabelludo.

—¿Quién no tiene lengua?

—El esclavo del español —replicó Purvis—. Ignoro cuándo se la arrancaron. Creo que el propio Cawthorne se asombró cuando lo supo. No le gusta el español. La última vez se bebió todo el brandy del capitán mientras regateaban.

Nada dije. Me había sentido de repente aturdido. Había padecido tales mareos antes, a veces por segundos, otras minutos enteros en que no sabía en dónde me hallaba, cuando todo se tornaba extraño, ondulado y turbio. Miré desesperadamente a Purvis. Ahora que Sam Wick se había alejado con su linterna no podía distinguir sus ojos. ¡Pero cuán enorme era su mandíbula! Sus labios se movían. Nada oí.

—¡Purvis! —grazné.

Puso una mano en mi hombro. Me sentí más seguro.

—Discuten el precio —declaró.

El regateo había comenzado frente a las costas de Africa y tenía que acabar aquí.

—Dicen que el español es el traficante más rico de Cuba —afirmó Purvis.

Agucé el oído. Percibí otra vez la cubierta bajo mis pies.

—Soborna a los funcionarios —añadió con una cierta admiración.

—¿Con qué objeto?

—El Gobierno español se ha comprometido a acabar con el tráfico negrero.

—Así que todos los Gobiernos han adoptado la misma postura.

—Nada sé del portugués —replicó Purvis, meditabundo.

—¿Cómo llevará el español los esclavos hasta el mercado?

—Desde aquí les conducirán en esquifes y luego irán a pie hasta una plantación a unos kilómetros tierra adentro. Yo fui con Cawthorne la última vez. ¡Menuda comilona nos dieron! El dueño de la plantación se queda con uno o dos de los mejores esclavos y los demás son trasladados al mercado de La Habana.

—¿Y cúando recibirá su dinero Cawthorne?

—Cuando entregue los negros.

Tragué saliva ruidosamente. Advertí que estaba observándome en la oscuridad.

—Estos últimos momentos son siempre los peores.

Supe que lo decía para animarme.

—¿Dónde vive, Purvis? —pregunté.

—¿Vivir? ¿Qué quieres decir?

—¿En dónde está su hogar? ¿Tiene familia?

—Una hermana, mayor que yo. Eso es todo. Vive o vivía en Boston. Hace quince años que no la veo. Puede que haya muerto —calló por un momento y luego añadió —Mi hogar está en donde me encuentre.

Pensé en mi hogar. Si regresaba a Nueva Orléans, me dije, no volvería nunca al mercado de esclavos de la esquina de las calles San Luis y Chartres.

El error de Ben Stout

Durante algún tiempo después de ponerse el sol, el cielo siguió mostrando un color de soga. La nave permanecía inmóvil en una superficie cristalina que se quebraba de vez en cuando en pequeñas ondas cuando un ave marina rozaba su superficie. La costa cubana aparecía desdibujada y gris. Los pájaros desaparecieron. Sus últimos trinos aún persistían en mis oídos del modo en que los rayos de luz se aferran por unos instantes a los mástiles después del ocaso.

Reinaba una agitación constante y confusa en las bodegas del barco, en la entrecubierta, por las escotillas y a través de la cubierta, bajo las velas arriadas, en esta última noche en que estarían a bordo los esclavos. Mañana, antes del amanecer, serían metidos en botes y llevados de allí. A algunos, demasiado débiles para permanecer en pie, les bajarían con cuerdas a lo largo del costado de *The Moonlight* y, si eran capaces de reponerse, el español cuidaría de que se fortaleciesen y engordasen antes de llevarles al mercado.

Colgaban unas cuantas linternas para darnos luz. Trocaba la nave en algo misterioso... flotábamos como un brillante rescoldo en un gran cuenco de oscuridad.

—No me gusta este tiempo —comentó Purvis—. No me gusta Cuba. Por estos parajes el mar es caprichoso.

Si no hubiera sentido tan pesados mis miembros ni estado tan soñoliento, habría gritado de rabia cuando Isaac Porter, irritado por el hecho de que le hubiesen ordenado subir al palo y servir de vigía, me dio un duro golpe en la espalda. Pero todo lo que hice fue contraerme contra el montón de lona que Purvis y yo habíamos trasladado a la entrecubierta.

—Es una vida terrible —dijo Claudius Sharkey sin dirigirse a nadie en particular.

Como atraído por las palabras de Sharkey, Stout apareció de repente.

—Ve al camarote del capitán, Jessie —ordenó—. Hay allí un cofre que has de sacar a cubierta.

No había visto nunca el cubil de Cawthorne y me noté al tiempo curioso y amedrentado. Me dirigí a popa, sospechando a medias que el recado fuese una triquiñuela de Stout para ponerme en un apuro. Después de penetrar en un corto pasadizo tropecé con una pesada puerta de madera tallada. Llamé con los nudillos. Un sonoro gruñido me dejó perplejo sobre lo que debía hacer.

—¡Sí! —gritó por fin el capitán tras la puerta. Entré. Me hallaba en un camarote, un auténtico camarote cuya superficie doblaba la del recinto de la tripulación en la entrecubierta. Cerca de una litera ví un enorme cofre verde cubierto con una estera roja. Tuve la impresión de que contenía prendas de cuero y ropa limpia y pensé que olía a limones.

—Bien, Bollón —dijo Cawthorne con una sorprendente suavidad.

Estaba sentado ante su mesa, juntas las manos sobre un libro de rojas tapas, con una lámpara cerca del codo.

—Stout me envió a recoger un cofre, señor.

—Es ése —declaró, señalando el cofre verde con una mano de dedos como nabos.

Titubeé.

—Llévatelo —declaró amablemente.

Aferré una anilla del costado del cofre y tiré. Cawthorne alzó sus manos.

—¿Sabes lo que hay dentro? —preguntó.

—No, señor.

—Adivínalo entonces.

Solté la anilla y me enderecé. Sentí una vaga inquietud, como si alguien a quien no conociese estuviera vigilándome entre las sombras, allí donde no alcanzaba la luz de la lámpara.

—Bueno...

—Insisto —dijo el capitán, endureciendo un tanto el tono.

—¿Ron?

—Eso es razonable pero incorrecto.

—¿Brandy?

—¡Ni mucho menos! ¿Para todos los patanes de allá afuera? ¿Brandy?

Se puso en pie y se inclinó hacia mí.

—Dí otra cosa —me apremió.

—¡Señor, no lo sé! —repuse con acento suplicante.

Experimenté el impulso de preguntarle si había conseguido meter en el cofre unos cuantos esclavos más. Tenía miedo de lo que brotase de mi boca en su presencia.

—Ropas —declaró— ¡De las mejores! Sedas, encajes... para una pequeña diversión en nuestra última noche juntos. *Ellos* gustan de ataviarse y eso divierte a los hombres que ahora están cansados y desanimados pero que pronto cambiarán de talante.

¿Tenía que llevarme el cofre? ¿O escuchar? Antes de que llegase a tomar una decisión, el capitán había cogido algo que había tras su silla.

—Mira —dijo, mostrándome una mano llena de galletas—. Si hubieses acertado no te habría dado siquiera una. Saca la moraleja de esto... ¡Si es que te atreves!

Tomé las galletas al punto, temiendo que pudiese cambiar de idea, y las guardé en mi camisa.

—Gracias, señor —repuse.

Cawthorne me lanzó una mirada desdeñosa.

—Te enviaron a llevarte un cofre. ¡Pues llévatelo!

Se sentó de nuevo y, sin decir una palabra más, abrió el libro y empezó a leer... o a simular que leía.

Arrastré el cofre hasta cubierta. Alguien había colocado un barrilete de ron sobre el banco de Ned. Como no había viento, las llamas de las linternas se alzaban inmóviles. Varios tripulantes vagaban por la cubierta de un modo que me recordó la calle Bourbon. Miré en torno de mí, tratando de localizar a Ben Stout y le hallé a muy corta distancia, fijos los ojos en el cofre. Se acercó, lo tocó y luego me dijo que cogiese mi pífano y que estuviera dispuesto.

—¿Dispuesto para qué? —pregunté

—Para la fiesta —repuso Stout, sonriendo.

Cuando volví a cubierta con mi pífano, Stout había ido a otro lugar. Sharkey y Purvis, apoyados en la amurada de estribor hablaban, contemplando la oscuridad de la manera que todos hacíamos a menudo. La mayoría de los esclavos se agolpaban cerca de la proa del barco; algunos estaban sentados, próximos a la bodega de esa parte de la nave, con las piernas extendidas, inclinados los hombros y oculta la cara entre los brazos. Varias de las mujeres sostenían niños dormidos.

Oí las paletadas de unos remos. El español apareció muy pronto a bordo. Con el llegaba su criado, que vestía un chaleco listado y se tocaba con un sombrero de copa baya y ala ancha que ocultaba su frente. Cawthorne acudió rápidamente a recibir al español quien le señaló la bandera de su país.

—¡Un milagro! —gritó al tiempo que lanzaba una sonora carcajada.

No advertí la gracia aunque me pareció que el sombrero del capitán resultaba cómico. Era dorado y demasiado grande para él. Me pregunté si se lo habría puesto para lograr un efecto humorístico o si, por el contrario, revelaba cuán en serio se tomaba a sí mismo. Reía con el español. Le vi darle golpecitos en la espalda. El español contrajo los labios y pareció fuera de quicio; el criado dio un paso más hacia su amo como para protegerle contra las familiaridades que se permitía Cawthorne. Este se llevó la mano a la pistola. Luego todos desviaron su atención hacia los gritos de Stout que guiaba a los esclavos hacia el centro del buque. Era una escena al tiempo sobrecogedora y grotesca porque los negros no se resistían. Se dirigieron hacia las linternas como si no fuesen más que sombras. Tras ellos Stout, ansioso por darse importancia, saltaba, manoteaba y les ordenaba hacer lo que ya estaban haciendo.

Sin más excepción que la de Porter, allá en lo alto, todos nos hallábamos ahora muy juntos, los negros, los tripulantes, el capitán, el traficante de Cuba y su criado. Por un momento se sintió el pesado silencio de la noche y del mar. Luego el capitán gritó:

— ¡Abrid el cofre!

Fue Stout quien echó hacia atrás la tapa. Purvis me murmuró:

—No creí que fuese a hacerlo... después de lo que ocurrió la última vez.

—¿Qué? —le pregunté mientras Stout lanzaba a cubierta toda clase de prendas, vestidos de mujer, pantalones de marinero, sombreros y gorras, chales e incluso piezas de tela.

—Celebrar lo que él llama un baile —repuso Purvis—. Afirma que a los negros les gusta ataviarse y que deberían divertirse un poco antes de abandonar el barco...

—¿Qué sucedió la última vez?

—Una o dos cuchilladas.

No me parecía dispuesto a decir más. Cuando inquirí con qué clase de música habían contado en su último viaje replicó:

—Sólo un negro con un tambor.

—Aprisa —dijo el capitán—. Que se vistan lo que les plazca.

—Sabe muy bien que por sí mismos no se pondrán nada —declaró Purvis en voz baja y con acento de repugnancia.

Stout recogía brazadas de prendas y las lanzaba a los negros que permanecían silenciosos e impasibles.

—¡Enséñales! —gritó el capitán— ¡Enséñales! ¡Vísteles!

—¿Están muertos? —preguntó el español con voz penetrante— ¡Si estan muertos no me sirven!

El capitán se unió a sus risotadas. Se me antojaron irreales las carcajadas como las de unos hombres que imitasen a gallos.

Con los brazos extendidos, Ben Stout sostenía a su negro tan encorvado que por un segundo pensé que al capitán le habían engañado en Africa, vendiéndole un anciano. Entonces Stout comenzó a zarandearle. Vi su rostro. Comprendí que no tendría más de diecisiete o dieciocho años. Con una mano Stout mantenía en pie al joven; con la otra pasó sobre su cabeza un amplio y blanco vestido de mujer. La fimbria le llegaba justo bajo las rodillas.

Oí reír a Sharkey. También reía Smith. John Cooley dijo:

—¿Verdad que está muy bonita?

El español murmuró algo a su criado. El negro se adelantó y abrió su boca de la que no brotó sonido alguno. Agitó las manos, alzó prendas de la cubierta e hizo como si se vistiera con aquellas ropas. Su boca siguió abierta como una cueva pequeña, oscura y vacía en donde nada viviese. Tiró las prendas que había tomado. Cuando retrocedió al lugar que ocupaba antes junto al español, los esclavos recogieron las diferentes ropas desperdigadas a sus pies. Mientras se vestían, me sentí tan incapaz de sondear en su expresión como lo hubiera sido para explicarme el modo en que el mudo había logrado convencerles de que se vistiesen. No quedó una sola prenda sobre cubierta. Los esclavos parecían estatuas. Los marineros se movían entre ellos, enderezando un cuello, disponiendo un chal, tirando de una camisa. Una mujer no se había molestado en meter los brazos por las mangas del vestido que se había puesto y Cooley las anudó en torno de su cuello. Vi al muchacho negro acercarse a la amurada; de sus hombros colgaba una vaporosa prenda interior.

Abrieron el barrillete y los marineros empezaron a beber atropelladamente. El capitán Cawthorne gritó:

—¡No olvidad a nuestros invitados!

Sharkey, cuyo brazo había aferrado el capitán, le miró sorprendido.Cuando Sharkey señaló al español, el capitán le golpeó repetidas veces con violencia considerable, sin dejar de sonreír como si hablaran de algo agradable. Sharkey parecía profundamente desconcertado. Cawthorne le hizo llenar un vaso de ron, guió su brazo hacia una negra y luego puso la mano del marinero contra la boca de la mujer.

—¡Nuestros invitados! —voceó el capitán.

La mujer tosió mientras tragaba el ardiente licor.

—¡Bollón! —tronó el capitán— ¡Que bailen los esclavos!

Toqué mis canciones. No podía oír mi pífano entre el resonar de las botas de los marineros y el pateo de los pies de los esclavos. Al principio seguí con la mirada al capitán que se desplazaba entre sus tripulantes y los esclavos como un ave buceadora entre un banco de peces. Se mostraba terriblemente ágil y rápido de manera tal que hubiera podido ganarse unas monedas bailando en los muelles de Nueva Orléans. Y, sin embargo, aún le quedaba energía suficiente para pellizcar, golpear, abofetear y tundir tanto a esclavos como a marineros. Purvis se mantenía alejado de él, pero Stout, que para entonces había bebido bastante ron, parecía colocarse a propósito en el camino de Cawthorne, rugiendo de risa cada vez que el capitán le pegaba.

Olía intensamente a ron. Los esclavos bebían ávidamente como para calmar una inagotable sed. Los marineros bebían para alegrarse pero sólo conseguían embriagarse más. Se aferraban a los esclavos, les cogían de la cintura, se colgaban de sus brazos y les lanzaban; después caían sobre ellos y les arrastraban por cubierta. De repente unos cuantos niños escaparon. Les vi correr hacia proa. Se ocultaron cerca de un ancla, acurrucándose como polluelos. Entonces abandoné mi pífano, no sé si porque la danza se había tornado ya más frenética y enloquecida y me sentía asustado, o porque estaba exhausto.

Me dirigí hacia la amurada, balanceándome.

¡Me balanceaba! Sentí que el barco cabeceaba, aunque fuese ligeramente. Al mismo tiempo percibí la brisa.

—¡Mirad! —aulló el español.

Todos los danzantes se detuvieron al oír aquel vozarrón. Aturdidos, los marineros dirigían sus ojos a todas las direcciones. El criado del español movía lentamente sus manos hacia atrás y hacia adelante. Su boca, abierta, formaba un negro círculo.

—¡Ve una vela! —gritó el español.

—Una vela... —repitió alguien.

—¡Stout! —voceó el capitán.

Stout se tambaleaba en la banda de estribor. Podía advertir cuántos esfuerzo hacía por mantenerse en pie. De repente la brisa redobló su fuerza. Reparé en Purvis, que se alzaba de donde había estado tumbado y que miraba en torno como asombrado.

—Una nave inglesa —declaró Stout—. La conozco. No nos importunará en estas aguas.

—Arría la bandera española, Cooley —ordenó el capitán.

En aquel momento Porter gritó desde lo alto:

—¡Una vela! ¡Por estribor!

El capitán miró directamente hacia arriba. El desdén de su gesto habría fulminado a un hombre aún más duro que él.

—¡Pues claro, Porter! —dijo mansamente.

En aquel momento uno de los negros comenzó a girar despacio sobre cubierta, extendidos los brazos como si fueran alas; dio vueltas y más vueltas hasta que cayó como muerto. Cawthorne me dijo:

—Quédate junto a los niños.

Se dirigió a popa.

—Stout —llamó sin volverse.

Stout fue tambaleándose tras él.

—Quiero que se ice la bandera norteamericana.

—Conozco esa nave, capitán —protestó Stout-; no nos molestará.

—¡Cállate! —bramó el capitán—. ¿Oíste eso, cerdo borracho?

¿Quedarme junto a los niños? Busqué desesperadamente a Purvis con la mirada. La brisa se había convertido en un ventarrón que surgía de la oscuridad, caía luego como una ola y se dispersaba por cada rincón de *The Moonlight*.

Oí decir a Cawthorne:

—No confío en tu juicio, Stout, al igual que tampoco confío en que los británicos hagan lo que se supone que harán. ¡Lleva los negros a la amurada! —husmeó el aire— Hay algo que viene que no es inglés.

—Es preciso echar por la borda las rejas de las escotillas —dijo Stout con voz confusa —y los grilletes.

Un gran gemido se alzó de repente entre los esclavos y vi a Curry lanzar el caldero por la borda.

Lo que sucedió luego se desarrolló con tal rapidez que después sólo pude recordar fragmentos, como instantes de un sueño que a veces angustia mis horas de vigilia. La mayoría de los tripulantes se afanaban en las velas. De vez en cuando les veía trepar y aferrarse a la arboladura como enormes y andrajosas polillas. Izaron la bandera norteamericana. El español recogió el pabellón de su país, caído en cubierta. Stout, que desapareció un momento, surgió de nuevo con las manos cargadas de grilletes que arrojó al mar. Luego Isaac Porter, tras bajar de la cofa, empezó a gritar apresuradamente palabras que no entedí porque el viento intensificó de repente su fuerza. Restallaban las velas y el estruendo de las cadenas de las anclas ahogó los demás ruidos. Vi que el español alzaba sus manos como si protestase cuando la nave, de un gran bandazo, se liberó de las anclas. Y el viento arrancó de súbito a su criado el sombrero, que partió girando hacia la negra noche. Porter volvió a gritar:

—¡Lanchas!

—¡Dios mío! —tronó Cawthorne —¡Veo el barco! Lo veo. *¡Es norteamericano!* ¡Stout, calamidad! ¡Me has asesinado! ¡Arroja los esclavos! ¡Por la borda!

Aullé aterrado cuando distinguí en la oscuridad la luminosa cresta de una ola y en la siguiente varias lanchas que se dirigían hacia nosotros, inclinados contra el viento sus remeros. Entonces Sam Wick se apoderó de una negra y sencillamente la dejó caer al agua. Sin otorgarse un respiro arrojó luego a dos hombres.

Los esclavos, conscientes ya del peligro mortal que corrían, se dejaban caer al suelo, amontonándose unos sobre otros como si de ese modo pudieran protegerse. Se arrastraban frenéticamente por la cubierta mientras los marineros corrían entre ellos y les lanzaban por la borda. Observé cómo el propio Cawthorne se apoderaba de una mujer pequeña, la alzaba en el aire y la enviaba al mar. Cuando se volvió junto a la amurada vio a tres negros que se le acercaban inseguros, manoteando en el aire cual si creyeran que fuese un animal salvaje. Cawthorne sacó en el acto su pistola y disparó directamente a la cara de uno de los negros. Huí a proa mientras el eco del pistoletazo resonaba en mi cabeza. De repente estalló la tormenta, las veias se arriaron y la nave fue sacudida por un violento estremecimiento. Ya no podía distinguir las lanchas del buque norteamericano. Divisé al capitán, ahora junto a Purvis que se hallaba al timón, mientras en torno a ellos los marineros continuaban lanzando negros. Comencé a gemir como un demente, implorando que las lanchas se acercaran y nos capturasen. Luego oí llorar a unos niños. Se hallaban a muy corta distancia de donde me encontraba, aferrados al muchacho negro. Este me miró con tal gesto de desafío que alcé los brazos y meneé con fuerza la cabeza para darle a entender que no pretendía hacerles daño. Oí pasos que corrían. Set Smith pasó a mi lado cuando me acurruqué contra la serviola. Descubrió a los niños. El muchacho negro le atacó con sus puños y a patadas, pero Smith ignoró sus golpes, recogió a los pequeños y les lanzó por la proa. Chillé. Smith volvió hacia mí un rostro enloquecido en el que brillaban sus ojos.

—¡Vamos! —gritó como un loco.

Creí haber visto unas velas pálidas y enormes asomar por estribor como una cortina que colgase de los cielos, pero *The Moonlight* cabeceó de nuevo y las velas desaparecieron como se esfumaron las lanchas. El muchacho negro se deslizó tras el mástil. Aún seguíamos vivos allí pero en el mar esclavos y remeros se precipitaban hacia las mudas y silenciosas profundidades. Smith empezó a golpear el aire con sus puños. Comprendí que aguardaba a que yo dijese algo, a que hiciera algo. Metí mi pie en un rollo de cuerda y simulé haberme quedado atrapado.

—¡Me he pillado el pie! —grité.

Smith escapó corriendo. Apremié al muchacho que se había aferrado al mástil. Le tomé por un brazo pero él se desembarazó de mí. Su respiración resonaba espantosamente y pensé que podía morir de puro miedo. Volví a sujetarle otra vez, resuelto a retenerle por mucho que se resistiese. De repente cedió. Sentí su aliento junto a mi cara. Entonces le solté y le indiqué que se dirigiese a la bodega de proa. Luego me puse a gatas. El hizo otro tanto. Nos arrastramos bajo la vela de estay,cada vez más tensa. Oí los gritos del capitán pero no entendí lo que decía. El viento aullaba.

Llegamos a la bodega y nos dejamos caer. En la oscuridad encontré de nuevo el brazo del chico. Nos alejamos tanto como pudimos de la escotilla abierta. Nos acurrucamos entre un barril casi vacío y la gran base del trinquete. Nuestras respiraciones se confundían. El muchacho murmuró algo.

—No lo sé —dije.

Calló. Luego, horrorizado, vi que descendía sobre la bodega el sólido cuartel y al mismo tiempo recordé que con mal tiempo han de estar siempre cerradas todas las escotillas.

El espantoso hedor hacía difícil respirar. Empecé a sentir calambres en las piernas y me dolía cada hueso de mi cuerpo. Algo peludo rozó mi mano. Me puse en pie con un crujido de mi codo. El muchacho se levantó también y permanecimos así durante largo tiempo. Sentí que el barco escoraba como si una gigantesca mano presionase sobre uno de sus costados. A veces me sentaba, otras dormitaba. En una ocasión el chico me tomó la mano y la apretó contra el barril. Noté la humedad. Me llevé los dedos a la boca y los chupé. Aprovechamos aquellas gotas lo mejor que pudimos; nuestros dedos rebuscaron como topos en la superficie del barril. Cuando la nave guiñaba, éramos lanzados contra los maderos. En ocasiones sujetábamos el barril para evitar que cayera sobre nuestras cabezas. Pero, por terrible que la tormenta fuese, aún sería peor cuando se abriera la escotilla y nos descubrieran. Pensé en la cara de Stout, en el aspecto que ofrecería, cómo sonreiría cuando nos viese.

El chico me habló. Le respondí. Ninguno de los dos sabía lo que el otro decía pero el sonido de las voces en la oscuridad frenaba el horror mientras la tonante violencia de la tormenta rompía por todas partes a nuestro alrededor. Había momentos en que sólo deseaba rendirme, convertirme en un ruido, en una cosa, para no *conocer* el terror que estaba experimentando. Nos sumíamos y cabeceábamos a través del mar... Sé que la nave alcanzó una gran velocidad en aquellas primeras horas pero era la marcha precipitada y desigual de un corredor tullido.

Nos dormimos. Lo que me pareció un largo tiempo se tornó inconmensurable. No podrían ser horas sino días los que habían transcurrido. Cuando me senté, protegiéndome del caos atronador de arriba, me animó un tanto el leve pero firme sonido de la respiración del chico mientras dormía. No era capaz de imaginar la noche y el día, la oscuridad y la luz, sólo la tempestad, el barco sumiéndose en el mar como esas estrellas fugaces que había visto caer hacia el final del verano.

Una vez me desperté, oyéndole canturrear. ¡Dios sabe qué significarían aquellas palabras! ¡Pero su sonido! Era el postrero de la última alma en esta tierra. Oprimí su brazo para que callase y se echó a reír. Fue entonces cuando sentí la punzada del hambre y recordé las galletas que Cawthorne me había dado. Comimos dos cada uno. Aunque ya húmedas, eran buenas galletas y no de las que necesitaban un martillo para partirlas.

Entablábamos a menudo extrañas conversaciones. Cada uno aguardaba a que el otro hubiera concluido, como si realmente nos entendiéramos. Una vez oímos arriba un terrible estruendo. Un violento temblor recorrió todo el barco y penetró en mis huesos. Aguardé a que el mar se precipitase sobre nosotros. Pero no vino. Y durante todo ese tiempo rascaba frenéticamente mis piernas, escocidas por el agua salada.

Luego, mucho después de haber dado cuenta de la última de las galletas, cuando ya había perdido toda conciencia de estar despierto o soñando, el cuartel de la escotilla desapareció como arrebatado por una poderosa mano. Vi la luz del día. Vi un cielo turbulento y gris agitado por el viento. El muchacho y yo nos miramos. En sus ojos hundidos advertí las preguntas que debían aparecer en los míos.

Me arrastré entre los barriles hasta que encontré un cabo de la escala de cuerda que aún pendía de cubierta. Cuando lo aferré, aguas del color del cielo se precipitaron en la bodega y me lanzaron hasta el lugar de donde había partido como si no pesara más que una pluma de gaviota. Oí el restallido de las velas, el crujido del maderaje tenso. Volví, me agarré de nuevo al cabo y me icé hasta la cubierta.

Lo primero que vi fue el bote del barco hecho pedazos. El palo mayor estaba atravesado sobre cubierta, quebrado y retorcido, hechas jirones sus velas. Debajo yacía Purvis, una pierna libre del mástil y flotando en el mar que avanzaba y se retiraba. El barco se hallaba a flor de agua hasta las escotillas. La gran rueda del timón que nos había guiado a lo largo de tan inmensas distancias era ya algo inútil que flotaba entre los restos de la nave. Sólo el palo de mesana se alzaba aún entre los restallidos de sus velas. Quedé empapado al instante. Me dejé rodar hasta el banco de Ned y me aferré allí.

El agua irritaba mis ojos y colmaba mis oídos. Volvía una y otra vez por cubierta mientras el barco, inerme y sin vida, se alzaba y se hundía. Nada permanecía quieto en aquel mundo gris y vociferante.

Me alcé sobre el banco. Turbiamente contemplé algo que no hubiera podido imaginar: ¡Tierra! Pero cuando respiré hondo, la nave se sumió en una sima entre gigantescas olas. Al alzarse vi palmeras cuyas copas peinaban el aire, como a punto de ser arrancadas de la tierra y arrastradas al cielo. Jamás había sentido un miedo semejante; ninguna tormenta en el gran océano había sido tan terrible como ésta, a la vista de tierra, tan próxima la costa...

Percibí un gemido sofocado, como el grito de un ave marina bajo un intenso aguacero. Levanté la cabeza y luego la dejé caer cuando el muro de agua se precipitó hacia mí. Sentí la debilidad de mis dedos aferrados a la madera empapada del banco de Ned. Entonces vi a Benjamin Stout atrapado como una enorme mosca en una maraña de cabos. Miraba sin ver hacia el cielo. Otra ola barrió la cubierta. Busqué entonces a Stout. Había desaparecido con todos los cabos en que estaba enredado. Contemplé de nuevo la tierra. Distinguí las crestas espumosas de las olas rompiendo contra la costa y maldije la luz que me permitía verla. ¡Si al menos hubiera sido de noche!

Puede que me costase una hora desplazar mis manos hasta una de las patas del banco y descender a cubierta azotado por el viento. Tosiendo, incapaz de ver, regresé a la bodega. Avanzaba centímetro a centímetro. Una vez agarré algo sólo para advertir que cedía entre mis dedos y la sensación de palpar tela, hueso y carne ascendió por mi brazo. Grité horrorizado y se me llenó de agua la boca. Me ahogaba, escupí y traté de ver de quién podía haber sido la pierna que había hallado. Juzgué que fue de Cooley pero no podía estar seguro. Pensé haber oído un grito de socorro mas el viento imitaba la angustia tan perfectamente que no había modo de decidirlo. El barco llegó al fondo de otra sima cuando aferré el cabo. No podía moverme. Era inútil. No me restaban fuerzas para resistirme a los elementos que pronto arrastrarían a la nave con su carga de cadáveres hasta las profundidades en donde ningún viento soplaba.

Percibí una monstruosa convulsión a través de lo que quedaba de *The Moonlight*. Abrí la boca y grité con toda mi energía como si tan lamentable chillido, perdido entre el estruendo y los restallidos del viento y del mar, pudiera detener la borrasca. Un instante después el barco se escoró de tal modo que me pareció que sólo el viento me mantenía inclinado contra la cubierta como un insecto aplastado contra la corteza de un árbol. Pero el estremecimiento me hizo avanzar cosa de medio metro y fui capaz así de asomarme al borde de la bodega.

Mi cabeza y mis hombros colgaban ahora boca abajo en la oscuridad. Oí el goteo irregular del agua en la extraña quietud que reinaba bajo cubierta. Entonces vi algo que manoteaba, algo que vivía. El pavor se adueñó de mi mente hasta que recobré sentido suficiente para comprender que era el muchacho negro que me tendía sus manos. Agarré sus dedos y, ayudado por sus brazos, pude al fin bajar.

Acurrucados, nos sosteníamos el uno al otro. Temblaba como yo. Me habló. Le aferré con mayor fuerza aún y asentí. Nos alcanzó una ola. Caímos y rodamos entre los barriles, sujetándonos mientras nos cubríamos de magulladuras y laceraciones. Fuimos a parar contra el casco, en un charco de agua tibia que, agitada por los cabeceos del buque, formaba sus propias corrientes.

Luego, poco a poco, cedió el martilleo de la cubierta; el viento aflojó y los golpes y crujidos en las propias entrañas de la nave se redujeron a un murmullo. Percibía apenas a través del casco lentos movimientos y cambios. Comprendí que el barco se había detenido sobre algo, un bajío, un escollo, sobre lo que reposaría por poco tiempo antes de hundirse en las profundidades. El chico tomó mi muñeca. Sentí más que vi el gesto de su mano cuando me apremió a que fuésemos hacia la escotilla.

Subimos a cubierta. Faltaba poco para que oscureciera. Las olas cruzaban plácidamente la nave. Podía distinguir ahora la costa, la estrecha playa, la línea de palmeras. Miré al muchacho. Observaba fijamente el litoral con la boca un tanto entreabierta y una expresión de ansiedad en su cara. ¿Creía haber vuelto a su tierra? Tomé su brazo y negué con la cabeza. La luz abandonó su rostro. Me pregunté si estaríamos contemplando Cuba.

Entonces casi salté de la sopresa. Una risotada ahogada y salvaje partió de lo que quedaba de la popa. Percibí el claro sonido de una botella que se estrellaba contra la madera. Cawthorne no había muerto.

La risa concluyó abruptamente. Quedó sólo el suave rumor del agua al deslizarse sobre las tablas, el siseo tras el viento que cedía. El chico me señaló la costa. Nos arrrastramos por cubierta y apoyamos nuestros pies en lo que restaba de la amurada. Cerca había un pedazo de la botavara. Toqué al chico y le señalé el palo. Quitamos la vela que lo envolvía. Ignoraba a qué distancia se encontraba la costa. Pero estaba seguro de que nos ahogaríamos si nos quedábamos en la nave.

Oí otro grito. Cawthorne yacía junto al palo de mesana, casi horizontal por obra de la escora del barco. Creí que nos había visto pero no fue así. Su mirada pasó por encima de nosotros sin reconocernos. Tal vez no pudiese ver nada. Volví a observar el agua. Yo sólo era capaz de nadar como un perro. Así había aprendido. Desconocía si de ese modo podría salvar el trecho que quedaba hasta la costa. Y también ignoraba si el chico sabía nadar, ¿pero, qué otra decisión cabía tomar?

Lanzamos al mar el pedazo de palo y nos deslizamos detrás. Casi al punto perdí de vista al muchacho. El agua penetró en mis pulmones. Me hundí. Una mano tocó la mía. Me alcé, escupiendo. Allí estaba, su cabeza subía y bajaba a muy corta distancia de mí. Conseguimos agarrarnos al palo y a talonazos nos dirigimos hacia la costa.

Volví la cabeza una sola vez. Contra la nube que se extendía por

117

el cielo, ahora teñido de un resplandor terroso, vi al capitan alzando una mano en el aire. Lentamente, la nave se hundía. Por un instante sentí una punzada en mi oreja, como si los dientes del capitán la hubieran mordido de nuevo. Me pregunté si con todo el brandy que con seguridad habría bebido conocería la diferencia entre respirar aire y agua.

No sé cómo llegamos a la costa que había parecido tan próxima y que, sin embargo, retrocedía mientras nos dirigíamos hacia ella. La noche sobrevino súbitamente, como un espeso y negro paño. No recuerdo cúando perdimos el palo, cuán a menudo nos lanzamos el uno hacia el otro para hallar sólo agua y cuántas olas rompieron sobre nosotros y nos lanzaron hasta alturas aterradoras.

Ignoro cuánto tiempo pasó. Pero incluso ahora puedo sentir el apremio de nuestra lucha, la esperanza que me libró de las profundidades y que me devolvía al aire una y otra vez como si la mayor parte de mi auténtica vida se hubiese desarrollado en aquel pedazo de mar.

El viejo

Debimos de despertarnos con las primeras luces de la mañana. El mar, sereno, pasaba del gris a un claro azul mientras los pálidos rayos del sol se extendían sobre su superficie.

Respiré los olores de la tierra, los árboles y el penetrante aroma de la brisa marina.

¡Y gallinas! Sospeché que mi propia hambre me había impulsado a imaginar que las olía. Yacía allí, complacido por la tibieza del sol. Algo me corrió por un tobillo. Me cosquilleó. Al sentarme vi que se trataba de un cangrejo no mayor que mi pulgar. El muchacho, que aún vestía la prenda interior femenina, estaba tendido a muy corta distancia de mí. Husmeaba el aire.

—¿Gallinas? —dije en voz alta.

El muchacho profirió una palabra en su propia lengua y sonrió. Nos pusimos en pie, sacudiéndonos la arena que se había adherido a nuestros cuerpos. Empezaba a desembarazarse de aquella prenda cuándo, en la larga línea de palmeras más allá de la playa, algo llamó su atención. Miré yo también. Tras las palmeras comenzaba una espesa vegetación verdioscura y al parecer impenetrable que parecía formada por matorrales. No soplaba nada de viento. Reinaba una perfecta quietud.

¡Gallinas! No había sido obra de la imaginación. Entre los árboles asomó una gruesa gallina amarilla que meneaba su cabeza entre cloqueos. *Hombres,* pensé. Mis rodillas empezaron a temblar. Aquel plumífero significaba una granja y seres humanos y sentí miedo.

Me dispuse a correr, aguardando que hiciera su aparición el propietario de la gallina, armado con pistola, látigo y Dios sabe qué más. La gallina escarbó en la arena. Aferré el brazo del muchacho y le señalé hacia la playa. Pero él siguió observando al animal que avanzaba en dirección a nosotros. De repente recogió una piedra y me dirigió una mirada interrogadora. ¡Cuánto me hubiera gustado asentir a lo que me preguntaba! ¡Era una gallina tan hermosa! Pero meneé la cabeza vigorosamente y le indiqué los árboles. Me entendió y soltó la piedra. Luego se recogió la falda de su prenda y nos pusimos en marcha por la playa. Aún no habíamos llegado a una punta de tierra cuando oímos una voz:

—¡Alto!

Pero proseguimos nuestra marcha hasta alcanzar el istmo de aquella minúscula península y contemplar el otro lado. Vi con desánimo que por allí no seguía la playa sino una costa de peñascos abruptos cubiertos de espesos helechos. Nos detuvimos en seco. No había medio de proseguir como no fuese por el agua. Temeroso de lo que contemplaría, giré sobre mis talones. Para sorpresa mía un anciano negro nos observaba muy cerca del lugar en que habíamos dormido y en donde se distinguían las borrosas huellas de nuestros cuerpos en la arena. Tras él estaba el ave que le había precedido, la gallina amarilla, con la cabeza inclinada. Picoteó algo y supuse que era el cangrejo que hacía poco tiempo había trepado por mi tobillo.

Miré al chico. Su cara parecía radiante. Pero su alegría desapareció casi al punto. Tuvo que haber comprendido que, aunque harapientas, las prendas que vestía el anciano eran las de los hombres blancos.

El viejo se dirigió hacía nosotros con pasos lentos. Fuimos hacia él. No podía imaginar qué le diría, cómo explicarle las circunstancias que nos habían conducido hasta aquella costa. Deseé que el chico y yo hubiésemos desembarcado en una de aquellas islas desiertas de las que me había hablado Purvis, fuera del alcance de los demás, porque en mi corazón descubría un recelo insondable por todo lo que caminase sobre dos piernas. Fue el anciano quien rompió el silencio.

—¿A dónde vais? ¿De dónde venís?

Me miró rápidamente y luego apartó sus ojos de mí. Advertí cuán atentamente observaba al muchacho negro. Luego, como yo no había respondido, incapaz de hallar algunas palabras, dijo:

—¿Bien, amo?

—¡No. —grazné— Yo no soy su amo.

El anciano tendió la mano, tomó el brazo del chico y le hizo dar la vuelta. Luego le despojó de la prenda femenina. Tocó algunas viejas cicatrices en la espalda del muchacho.

—Nuestro barco se hundió en la borrasca —declaré—. Nadamos hasta la costa.

El viejo asintió y soltó al muchacho

—¿En dónde se hallan los otros? — inquirió.

—Allí estaba la tripulación —dije—. Se ahogaron.

Miré hacia el mar. No se veía a nada.

Todo avanzaba inexorablemente. Crecía el calor del sol y de repente fui consciente de mi sed.

—Hace mucho tiempo que no comemos —declaré—. Tampoco hemos tenido agua e ignoro en dónde estamos.

—Estais en Misisipí —replicó el anciano, mirando al chico—. No dice nada. ¿Por qué?

—Sólo habla su propia lengua —declaré, preguntándome si al menos conseguiríamos algo de beber. En el bosque tendría que existir algo que comer y que beber. El anciano procedería de *algún* lugar.

—Pero no ha aprendido aun nuestro idioma —añadí.

—Nuestro idioma... —repitió el viejo.

—Me llamo Jessie Bollier —manifesté desesperadamente.

El viejo parecía estudiarnos, reflexionar...

—¿Cómo se llama? —inquirió.

Toqué la mano del muchacho negro. El apartó sus ojos del anciano. Me señalé.

—Jessie —dije

Entonces le señalé.

—¿Jessie? —preguntó.

—¿Cómo se llama usted? —pregunté al anciano.

Volvió la vista hacia el mar. No encontraría rastro de *The Moonlight*. Durante la noche habría sido arrebatado del lugar a donde había ido a encallar y ahora descansaría en el fondo. No había respondido a mi pregunta. Me encaré otra vez con el chico, me señalé y repetí mi nombre. Luego toqué su hombro. Esta vez respondió claramente:

—¡Ras!

Me aparté de él.

—¡Ras! —le llamé.

—Jessie —replicó.

El viejo se decidió:

—Venid ahora conmigo.

Se puso en marcha hacia las palmeras y, sin detenerse, cogió al paso a la gallina, que cacareó rabiosa. Le seguimos. No había otra cosa que pudiéramos hacer. Quizás nos diese algo de beber.

No hubiera imaginado que en aquel bosque existiera algo semejante a un sendero, pero allí estaba, una hendidura de poco más de treinta centímetros de ancha. De vez en cuando el viejo se volvía para observar al chico. Cuidaba especialmente de que no nos azotaran las ramas que se atravesaban en el sendero, reteniéndolas hasta que habíamos pasado. Caminamos de ese modo durante cerca de medio kilómetro y luego se detuvo sin razón aparente y dejó caer al suelo a la gallina, que se metió en la espesura, cacareando indignada.

—Va a donde le place —declaró el viejo—. Hasta ahora la conservo.

Entonces agarró con ambas manos una gran barda de ramas y la apartó a un lado. Para mi sorpresa apareció un ancho calvero. En el centro se alzaba una pequeña choza con unos cuantos metros de tierra labrada y a un lado había una pocilga en donde una puerca daba de mamar a varios cerditos mientras un enorme cochino gruñía, revolcándose en el barro. En el polvo escarbaban unas cuantas gallinas. El viejo nos condujo hasta un gran barril casi rebosante de agua. Llenó un cazo que entregó a Ras y luego retuvo la mano del muchacho, diciéndole quedamente:

—Despacio, despacio...

Ras acabó y me entregó el cazo. Al primer trago de agua fresca me olvidé de todo y bebí sin parar hasta que el anciano me sujetó y me apartó del barril.

—Ya es suficiente —declaró.

Nos llevó a su choza. El piso era de tierra apisonada y alisada. Vi un tosco hogar con unas cuantas ollas ennegrecidas y varios utensilios de cocina agrupados en torno. El tocón de un árbol hacía las veces de mesa. En el suelo había un camastro de paja y hojas.

Me dejé caer al suelo, apoyando la espalda contra la pared. Ras permaneció de pie y observó cómo el viejo disponía una comida sobre el tocón.

En tierra al fin, en un silencio quebrado tan sólo por los chirridos de los insectos, entibiado por el húmedo calor del bosque que nos rodeaba, descansando sobre una superficie que permanecía firme, a punto de calmar mi hambre, no podía comprender la opresión que sentía, que me tornaba tan difícil la respiración. Ansié, y eso me hizo pensar que realmente había perdido el juicio, ser arrojado al barro de afuera con los cerdos, revolcarme en el fango, enterrarme allí yo mismo. Sentí ganas de llorar.

¿Cuándo arrojaría el mar a la playa los cadáveres de los tripulantes? ¿Vería una vez más el rostro de Ben Stout, secándose al sol? Experimenté de nuevo la violencia del agua a través de la cual habíamos pugnado Ras y yo por llegar hasta la costa. ¿Cómo había conseguido alcanzarla con mis brazadas de perro? De repente había escuchado una voz interior que me gritaba: «¡Oh, nada!» como cuando me imaginaba a mi padre hundiéndose entre los troncos de las profundidades del Misisipí. Me pregunté si aquella súplica me había servido al fin de algo.

Unos días mas tarde, cuando Ras, el viejo y yo caminábamos por la playa, encontramos algunos restos de *The Moonlight*: la Biblia empapada de Ben Stout, fragmentos del banco de Ned Grime y muchos extraños pedazos de madera que el anciano recogió y apiló lejos del alcance de la marea alta. Yo hallé un largo cabo, secándose al sol y envuelto en un enjambre de mosquitos.

—No encontrarás nada más —me dijo el anciano—. Los tiburones devorarán hasta los huesos. No dejan nada.

Pensé en aquella cuerda, alzada hasta lo alto de un palo y que, tensa y firme, había vibrado de vida, había guiado o retenido las velas como las bridas guían y retienen a los caballllos. La recogí y espanté a la nube de insectos. El cabo olía a podrido.

No comí gran cosa la primera vez pero recobré mi apetito en los días siguientes. Una noche el viejo hizo guisado de quimbombó, frutas verdes y jamón. Ras y yo lo devoramos hasta que la salsa goteó por nuestras barbillas. Me señaló y se echó a reír. Yo pasé un dedo por su rostro y le mostré la grasa que pringaba sus mejillas. Rió todavía con más fuerza. Aún era de día. Las aves se llamaban unas a otras para dormir. El viejo sonreía, muy levemente, y se levantó para encender una lámpara de aceite. Saqué la olla de la choza y la fregué con arena. Luego Ras y yo nos pusimos en cuclillas junto a la entrada. Una gran ave picuda voló sobre nosotros hacia la moribunda luz de Poniente. Oí desde muy lejos el gran aliento del mar. Allí estuvimos hasta que al oscurecer los insectos nos empujaron adentro.

Ras y yo nos hablábamos, sabiendo muy bien que no podíamos entendernos. A veces, señalando un árbol o un pájaro o algún rasgo de su cara, pronunciaba lentamente una palabra. Yo la repetía y luego la decía en inglés. De esta manera aprendimos unos cuantos vocablos de la lengua del otro. El viejo nos había dado ropas y aunque no nos caían del modo que hubiesen merecido la admiración de mi madre, al menos íbamos vestidos.

El viejo dependía por entero para subsistir de la parcela de tierra que cultivaba y de sus escasos animales. En raras ocasiones se hallaba ocioso. Me preguntaba de dónde procederían algunas de las cosas que guardaba en su choza. Para entonces sabía que aquel hombre era un esclavo huído que había hallado para sí ese pequeño remanso de libertad en lo hondo del bosque. Con frecuencia sentía que nos hallábamos tan lejos de los demás como habríamos estado en una isla desierta.

Al final de la primera semana, el hombre me dijo su nombre. Un cerdito había escapado bajo la valla. Le perseguí, gritando:

—¡Viejo! ¡Viejo!

Me alcanzó en la espesura de los matorrales, recobró su cerdito, diciendo al mismo tiempo:

—Puedes llamarme Daniel.

Mirando a Ras podía asegurar que los dos estábamos ganando peso. Advertí que recobraba fuerzas. Nos levantábamos al amanecer y nos dormíamos con los pájaros. Daniel nos previno para que no nos alejásemos de la choza y para que tuviéramos cuidado con las serpientes. Trasladamos a la choza las maderas que había recogido en la playa y traíamos agua de un arroyo cercano para mantener lleno el barril. Siempre había trabajo que hacer. Pero también quedaba tiempo para las distracciones y los juegos como el escondite; construímos un pequeño refugio con ramas caídas: perseguíamos a las gallinas hasta que Daniel nos lo prohibió. Era un tiempo sin medida en el que no penetraba ninguna idea del futuro mientras el recuerdo del pasado había quedado por el momento marginado.

Una tarde Daniel puso su mano sobre la cabeza de Ras. El chico le miró interrogante. Daniel le dio unos golpecitos. Desde la entrada de la choza, me estremecí al verles.

Aquella misma noche supe lo que sería de Ras.

Tras haber fregado las ollas de la cena y después de que Daniel encendió la lampara, oímos pisadas. La cerda gruñó. Daniel salió. Habló durante cierto tiempo con alguien. Luego volvió y me dijo:

—Tranquilo, Jessie. Quiero que te sientes afuera. Llévate esto y envuélvete para que no te piquen los bichos.

Me entregó una polvorienta capa. Al sacudirla despidió de sus arrugas un olor a moho.

—No te asustes. Nada malo va a sucederte.

Al borde del calvero aguardaban dos negros. Me observaron cuando me dirigí a la pocilga y me senté, apoyado contra la valla. Entonces penetraron en la choza. Pugné durante largo tiempo por entender el murmullo de voces del interior. Me sentía solo y digno de compasión. Entonces se acercó el cerdo y se tendió junto a mí al otro lado de la valla, gruñendo quedamente. Le devolví el gruñido. Era mejor que hablar solo. Puede que dormitase un rato. Oí a Daniel que me llamaba desde la entrada:

—Vuelve ahora, Jessie.

Cuando entré en la choza advertí que los dos hombres habían desaparecido. Ras estaba acurrucado en el suelo sobre el que sus dedos trazaban un dibujo.

—¿Qué va a ser de él? —pregunté.

—Vamos a sacarle de aquí. Tenemos un medio de llevarle al Norte, lejos de este sitio. Uno de esos hombres habla su lengua. ¡Fíjate! ¿Ves cómo piensa?

Ras miraba ahora hacia mí. Pero bien hubiera podido ser yo invisible. No me *veía* en absoluto.

—Estará bien —declaró Daniel al tiempo que se sentaba en el camastro de paja.

Se frotó un tobillo. Bajo sus dedos distinguí por un instante una antigua cicatriz.

—¿Y yo? —inquirí.

—Irás a tu casa con tu familia—. Ya has descansado bastante. Tendrás que andar varios días.

—¿Cúando partirá Ras?

—Mañana, tan pronto oscurezca. Vendrán a por él.

Daniel se puso en pie de repente y se dirigió hacia donde Ras se hallaba sentado. Tomó la mano del muchacho.

—Estarás bien —declaró una y otra vez como si le arrullase.

La última mañana que pasamos juntos Ras y yo fuimos a la playa. Entre los restos del naufragio, en la línea de la pleamar, hallamos una pieza curvada de la proa del buque.

Ras callaba. Se quedaba ensimismado, abandonando lo que estuviese haciendo para sumirse en sus visiones interiores. Estuvimos muy juntos durante todo el día.

Para la cena Daniel dispuso un pastel de ñames. Ras tenía poco apetito pero el viejo siguió llenando su plato con una expresión suplicante en su rostro. Advertí que Ras se esforzaba por comer; sabía que tenía que hacerlo.

Al oscurecer volvió uno de los dos hombres. Daniel había preparado un paquete de víveres que entregó a Ras. Le vistió con las ropas que trajo aquel hombre y que le venían bien. Me pregunté a quién pertenecerían esas prendas y en dónde estaría. Ras parecía ahora más alto..., casi un desconocido. El y el joven que había venido a buscarle hablaban muy poco. Fuera cual fuese su suerte a partir de entonces, Ras se mostraba resuelto. Pude advertirlo en el modo decidido con que introdujo sus estrechos pies en unas botas negras, en la manera de recoger los víveres de manos de Daniel, con la mirada fija en la entrada. Daniel se inclinó sobre él. Vi que los brazos de Ras se deslizaban sobre su espalda y que sus manos descansaron en los hombros del anciano. Luego se acercó a mí.

—Jessie —dijo.

Asentí, incómodo bajo la mirada inexpresiva del acompañante de Ras.

—Nariz —añadió Ras, tocándomela.

Le sonreí. Puso un dedo en uno de mis incisivos.

—Dente —dijo.

—Diente —le corregí.

Se echó a reír y meneó la cabeza.

—Dente —repitió, y luego agregó muy serio: —Jessie.

Desapareció en un instante. Daniel y yo nos quedamos solos.

Sentí un inmenso vacío y luego el despertar del recuerdo, dormido aquellas últimas semanas, del viaje de *The Moonlight*. Se me secó la boca. Me senté en el suelo y oculté la cabeza entre los brazos.

—Ven aquí —dijo Daniel.

Alcé los ojos. Se hallaba sentado en su camastro. Me levanté y fui.

—Ahora siéntate, Jessie. Y cuéntame toda la historia de ese barco.

Se la dije, sin omitir nada que pudiese recordar, desde el momento en que Purvis y Sharkey me envolvieron en la lona hasta el instante en que Ras y yo nos deslizamos al agua, abandonando la nave que se hundía.

Cuando hube acabado, el viejo declaró:

—Así fue.

Como si conociera ya todo lo que le había contado.

Hubiera deseado saber si también él había llegado de aquel modo a este país pero algo me retuvo. Nada le pregunté.

—Ese muchacho estará a salvo pronto —afirmó Daniel—. Ahora vete a dormir. Necesitas descansar. Has de ponerte en marcha antes de que amanezca. ¡Escucha, chico!

Calló y me miró fijamente. La lámpara apenas alumbraba y la choza era como un claro en el bosque iluminado sólo por las últimas brasas de una hoguera. Las sombras ahondaban las cuencas de sus ojos. Parecía muy viejo.

—Si hablas de Daniel a la gente, —declaró— Daniel será devuelto al lugar de donde escapó. ¿Vas a decírselo?

—¡No, no! —grité.

Anhelaba mostrarle mi resolución como si fuese algo semejante a un zapato o a una azada que pudiera poner en su mano.

—De acuerdo —repuso.

No hubiese podido decir si me creía.

Me despertó antes de que los pájaros empezaran a cantar. Vestí en la oscuridad las prendas que me había dado. Pero no tenía botas. Me dijo:

—Envuelve tus pies en estos trapos. Así te será mas fácil cruzar el bosque.

Vendé mis pies con las tiras de tela que me entregó.

—Ahora escúchame bien. Voy a decirte cómo llegarás hasta tu casa.

Lentamente, deteniéndose a menudo para que le repitiese lo que me había dicho, trazó un mapa mental que me llevaría hasta Nueva Orleáns.

Volví la mirada al bosque. Estaba en tinieblas.

—Toma —añadió Daniel, entregándome un paquete—, aquí tienes algo que comer.

Oí un gruñido de la pocilga, unos cuantos chillidos de los cerditos, el adormecido cacareo de una gallina.

—Gracias, Daniel.

—Espero que tengas un buen viaje.

Hubiese deseado que tocara mi cabeza como había hecho con Ras. Pero sus brazos no se apartaron de sus costados. Alcé los ojos hacia su rostro. No sonrió. Incluso antes de haber partido, percibiendo su aliento, consciente de una poderosa emoción en la que la gratitud se mezclaba con la decepción, crecía ya la distancia entre nosotros. Pensé en Purvis.

—Vete ahora —dijo.

Salí de la choza. Daniel me había salvado la vida. No podía esperar más.

En casa y después

Me sentí aterrado en la oscuridad del bosque. El sendero era sólo un trazo en la espesura. Con los pies vendados tenía que detenerme a menudo y reconocerlo, tanteando con mis dedos hasta que volvía a encontrarlo. A mis espaldas las aves despertaban entre gritos y quejidos estridentes. La luz del alba era aún demasiado débil para penetrar entre los matorrales, aunque cuando alzaba los ojos podía distinguir la palidez del cielo.

Me debatía entre el apremio por moverme tan rápidamente como pudiese y el deseo de quedarme en donde estaba hasta que fuera de día. Lo que me horrorizaba, lo que cubría mi frente de un sudor frío, era una visión de serpientes deslizándose entre la maleza, ofidios como sartas de húmedas y pardas cuentas o gruesos como el desgastado mango de un hacha o de colores vivos cual piedras preciosas.

Luego llegué junto al primer indicador que me había señalado Daniel, un pequeño cerco cerca de un arroyuelo en donde recientemente alguien había encendido un fuego. El rocío de la mañana había intensificado el olor de las cenizas. Me animó como si hallara a alguien a quien Daniel y yo conocíamos.

Cuando el sol llegó a su cenit alcancé un camino que mostraba rodadas de carretas campesinas. El bosque ya no era más que unos cuantos ralos grupos de árboles y distinguí el mar rutilante a cosa de medio kilómetro. Después, cruzando un prado descarnado, espanté a una pequeña bandada de pardas aves que se alzaron formando un arco bajo el que divisé en el mar una vela grande y blanca. Me pregunté qué clase de nave sería... y lo que portaría en sus bodegas.

Al caer la tarde crucé un terreno cenagoso, entre charcas de aguas estancadas. En su superficie flotaban grupo de flores y aves zancudas contemplaban con mirada grave sus propios reflejos. Yo era el único ser humano de aquellos contornos. El cielo se me antojó inmenso.

Aquella noche despaché parte de la comida que Daniel me había preparado y me acomodé como pude en una carreta abandonada cuya vara apuntaba al cielo. Me sentí como un estúpido, pero antes de deslizarme bajo el carromato lancé piedras contra aquel lugar para espantar a las serpinentes que, estaba seguro, habrían anidado allí.

Los indicadores de Daniel me guiaron a lo largo del segundo día. Uno era un curioso montón de piedras en cada una de las cuales había pintada una figura humana; otro, una minúscula cabaña gris al extremo de un campo. No hubo nada que me cobijase aquella noche. Antes de que se hiciera de día me despertó el quedo cosquilleo de un animalejo campestre que corrió sobre mi pecho.

Me desperté la tercera mañana entre la bruma y el calor. Las rodadas de las carretas habían desaparecido. Habían sido reemplazadas a intervalos regulares, como bordadas por las huellas de distintas herraduras de caballos. A mi izquierda los campos descendían hacia el mar hasta concluir en una barrera de dunas. A mi derecha se extendían bosques, pero éstos parecían domésticos, como los de un vasto parque. A lo largo de la cuneta del polvoriento camino corría una cerca baja de piedra. La seguí hasta llegar a un lugar en donde dos altas columnas señalaban el comienzo de otro camino que se extendía recto cual plomada hasta los escalones de una gran mansión rural. Un pequeño lagarto del color de la sangre ascendió por una de las columnas, luego se detuvo y se hizo el muerto.

Flores espléndidas bordeaban aquel camino. La amplia galería de la casa se hallaba vacía. Ni una hoja se movía en una atmósfera sin viento. Entonces, de repente, vi llegar a un hombre montado en un caballo negro. Se detuvo. El caballo piafó y luego alzó la cabeza. Como llamados por la cabalgadura, tres negros corrieron hacia el jinete y le ayudaron a desmontar.

Se precipitaron ante él por la escalinata para abrirle las puertas mientras un cuarto hombre se llevaba el caballo.

Había olvidado que, como ellos, me hallaba a la vista de cualquiera. Vi cerrarse las puertas tras el caballero. Las ventanas no reflejaban nada. No había rastro de vida. El lagarto descendió por la columna. Me sentí paralizado, sofocado como en *The Moonlight* cuando por vez primera me llamó el capitán Cawthorne para que hiciese bailar a los esclavos. Entonces oí ladrar muy lejos a un perro y me aparté de un salto del camino como un conejo que hubiese recobrado el dominio de sus miembros.

Más tarde el cielo se tornó del color del hollín. Comenzó la lluvia, lenta y titubeante, hasta que se abrieron los cielos y el agua cayó a torrentes. Me refugié empapado tras un seto, viendo cómo el camino se trocaba en fango. Sabía que para entonces no estaba lejos de mi casa. Pero con gran angustia advertí que no podía ir más allá. El agua me cegaba, atronaba mis oídos. Me llenaba de un temor que no cobraba una forma razonable en mi mente. Se extendía en torno a mí como un sombrío mar. No creí que mis piernas se moverían cuando lo desease. De repente, empujado por un oscuro impulso, contuve la respiración. En algún lugar alguien me había dicho una vez que exitían personas que podían ahogarse así por un acto de voluntad. Caí de costado y quedé expuesto a la lluvia. Pero respiraba. No conseguía dejar de respirar.

Con el crepúsculo la lluvia se detuvo y el cielo se despejó. De cada tallo de hierba, de cada hoja colgaban relucientes gotas. Cobré nuevos ánimos. Me arranqué los jirones de trapos que envolvían mis pies y continué por el camino con el fango entre mis dedos. Sentí hambre, pero no me sorprendió como pudiera haber sucedido antaño. Aquella noche dormí en un bote pesquero vuelto boca abajo en una estrecha playa que bordeaba una caleta. La última mañana de mi viaje desperté a la intensa luz por obra del zumbido de las moscas.

Hacia la caída de la tarde me hallé en la calle Chartres camino de la plaza Jackson. Parecía un encenagado espantapájaros, pero no llamé mucho la atención. Tan sólo provoqué la mirada de prevención de una dama que paseaba bajo su sombrilla y una vaga sonrisa de un capitán fluvial que, habiendo empezado muy pronto a beber aquel día, permitía que le divirtiese todo lo extraño.

Abrí la puerta de nuestra casa como había hecho en mi imaginación centenares de veces. Di mi primer paso en el interior. Escuché un chillido, un grito. Betty, mi madre y yo permanecimos en silencio por un instante, luego corrimos a reunirnos con tal fuerza que me pareció que retemblaban todas las maderas y todos los ladrillos de la casita.

Hablamos durante la mitad de la noche. Supe de su frenética búsqueda que había seguido a mi desaparición; cómo incluso aquel día mi madre había preguntado a los vendedores del mercado del modo en que inquiría cotidianamente desde que partí. Mi madre lloró a menudo, no sólo por haber vuelto yo, creyéndome muerto, sino por la historia de *The Moonlight*. Cuando le describí cómo fueron lanzados los esclavos a las aguas de Cuba rebosantes de tiburones, se tapó la cara con las manos y gritó:

—¡No puedo oírlo! ¡No puedo oírlo!

Con gran sorpresa por mi parte no me costó mucho reanudar mi vida como si nunca la hubiese abandonado. Existían algunos signos: miradas de preocupación de mi madre, el quedo hablar de Betty como si creyese que yo era un inválido, y lo más sorpendente: el cambio en mi tía Agatha que me trataba ahora con mas afecto y nunca volvió a llamarme palurdo de los pantanos. Mi madre supuso que el choque de mi desaparición la había trocado en lo que antaño fue, una mujer un tanto agria pero no de mal corazón. Retornaba a mi vida, pero ya no era la misma. Cuando me cruzaba con un negro, me volvía a mirarle, tratando de ver en su andar al hombre que había sido antes de que le llevasen entre el peligroso oleaje hasta una larga lancha, le amontonaran allí con otros también encadenados y le condujeran a la nave que aguardaba, despojada de todo lo que no contribuyese a prestarle velocidad; antes de que le trasladasen a través de las tormentas y la amarga claridad de los días soledados hasta un lugar en donde, de sobrevivir, le venderían como si fuese un objeto.

Encontré trabajo en la construcción del canal que con el tiempo uniría Nueva Orléans con el Lago Pontchartrain. Por algún tiempo eso me mantuvo ocupado y me dio un sustento. Pero me sentía inquieto y empecé a pensar qué profesión me convendría y cuál estaría al alcance de alguien que no había podido permitirse una gran instrucción.

Al principio me prometí que no haría nada relacionado ni remotamente con la importación, venta y empleo de esclavos. Pero pronto descubrí que todo aquello en lo que pensaba tenía en uno u otro aspecto la impronta de manos negras.

Con la ayuda de un conocido de la tía Agatha entré finalmente de aprendiz en una botica. Sería un futuro diferente del que imaginaba cuando pensé en llegar a ser un rico cerero.

Al concluir mi aprendizaje me dirigí al Norte y me instalé en una pequeña población del Estado de Rhode Island. Con el tiempo hice venir a Betty y a mi madre. Nos hallábamos fuera del Sur, pero éste no me había abandonado. Echaba de menos el olor dulzón de las frutas al sol en los puestos del gran mercado y soñaba con el largo y fangoso Misisipí, los lánguidos crepúsculos verdosos y los muros color ámbar viejo y albaricoque de las casas de los ricos en el *Vieux Carré*. Sabía que alguna parte de mi memoria estaba siempre buscando a Ras. Una vez, en Boston, creí haberle visto realmente y corrí tras un joven negro, alto y esbelto, que me precedía. Pero no era él.

En la guerra entre los Estados combatí al lado de la Unión y un año después de la Proclama de Emancipación de 1864 pasé tres meses en Andersonville, sobreviviendo a sus horrores porque, pensaba a menudo, me había preparado para aquello lo que vi en *The Moonlight*.

Después de la guerra mi vida fue un tanto semejante a la de mis vecinos. Ya no hablaba de mi viaje en un barco en 1840. Ni siquiera pensaba en eso a menudo. El tiempo ablandó mis recuerdos como si fueran cera moldeable. Pero había algo que no cedía ante el tiempo.

Era incapaz de escuchar música. No podía soportar oír cantar a una mujer y el sonido de cualquier instrumento, un violín, una flauta, un tambor, de un simple peine envuelto en papel y tocado por un niño, me obligaba a alejarme al instante y a encerrarme. A la primera nota de una melodía o de una canción veía una vez más, como si nunca hubieran dejado de bailar en mi mente, a hombres, mujeres y niños negros que alzaban al compás sus atormentadas piernas ante un agudo aire marcial, entre el polvo de aquel triste pateo y el entrechocar de sus caderas que se imponía por fin al pífano.

Indice